Mama Taxi
und weitere Familienrhythmen

Für Vigdis, Risto, Sinikka, Tinna und Riikka. Die Besten.

Aber vor allem für Solveig, meine große Liebe. Wenn nur sie dieses Buch liest, hat es sich schon gelohnt.

Mama Taxi
und weitere
Familienrhythmen

Herstellung und Verlag:
Books on Demand GmbH, Norderstedt
ISBN-10: 3-8334-6627-8
ISBN-13: 978-3-8334-6627-4
Umschlag:
Foto Frans Brood, Zeichnungen Vigdis und Riikka

Inhalt:

Ihr habt ja so viele Kinder gewollt.
(Aussage meiner Mutter, verheiratet, ein Sohn)

Genau! Und keines weniger!

Ich will niemals Kinder.
(Feststellung unserer Babysitterin)

**Sie hat ihre Ansicht inzwischen
geändert!**

Jedes Kind, das etwas taugt, wird mehr durch Auflehnung als
durch Gehorsam lernen.
(Peter Ustinov)

**Unsere Kinder taugen eine ganze
Menge.**

Nur vorab ein paar ernste Worte

Seit Jahrhunderten packt die Menschen die Abenteuerlust. Sie segelten um die Welt, entdeckten Kontinente oder durchquerten Wüsten. Weiße Flecken der Landkarten wurden erobert, und viele dieser Pioniere fanden nicht nur Land, Gold oder Wissen, sondern auch zu sich selbst.
Mit der abgeschlossenen Vermessung der Welt suchten ihre modernen Nachfolger neue Herausforderungen. Höher, schneller, weiter.
Ohne Sauerstoff auf den Mt. Everest, in 80 Stunden um die Welt, zum Mond und zurück.
Und wenn sie gut vorbereitet und trainiert an die Sache herangehen, kommen sie gesund und munter und mit allen Zehen an den Füßen wieder, um uns mit einem überteuerten Diavortrag in Überblendtechnik (20 Uhr, großer Saal Luitpoldhaus) an ihren Erlebnissen teilhaben zu lassen. Wir Zuschauer hoffen dann, dass nicht der „Verein großer Menschen" in der Reihe vor einem sitzt und hinterher kann man ein schönes Buch kaufen, es signieren lassen und davon träumen, sich selbst einmal etwas zu trauen.

Doch das größte und schönste Abenteuer ist seit Urzeiten, eigenen Kindern Leben zu schenken. Es fordert einem alles ab und gibt so viel zurück. Zum Beispiel kaputte Fernbedienungen. Und in dieses Abenteuer geht man mit nichts außer der eigenen Kindheit und eventuell einem siebenwöchigen „Kurs für werdende Eltern" beim ASB. Dann kann man zwar Wehen verhecheln – auch als Mann – oder den Beckenboden anspannen, aber natürlich wird man nicht darauf vorbereitet, was nach dem unbeschreiblich schönen Gefühl, das neugeborene Kind auf dem Arm zu halten, folgt.
Die eigenen Erfahrungen als Kind müssen genügen, um in das Abenteuer des Elternseins zu gehen.

Von den weißen Flecken, die man dabei auszumalen hat (natürlich nicht mit Filzern, sondern Blöcken aus Bienenwachs), von den Wüsten, die es zu durchwandern und den Ozeanen, die es zu überqueren gilt, berichtet dieses Buch.

Ursprünglich sollte es ein Ratgeber für zukünftige Eltern werden. Sie sollten lesen, auf was sie sich einlassen. Schon mal ahnen, was sie geben müssen und was sie erhalten werden.

Ratgeber haben Konjunktur, egal ob „Feng Shui im Kühlschrank", „Eurythmie für Tanzbären" oder „Die besten Dönerbuden in Kreuzberg". Scheinbar verlangt die Menschheit nach Anleitung oder zumindest der Verlag nach Profit. Selbst ausprobieren ist anstrengend!

Doch ich bin kein Lehrer, sondern selbst noch ein Forscher.

„Kleine Kinder, kleine Sorgen, große Kinder, große Sorgen" heißt es. Meine Kinder sind noch nicht alle groß und wenn ich das Miteinander zwischen mir und meinen Eltern als Beispiel sehe, werden sie es auch noch lange nicht sein.

Es gilt also weiterhin viel zu entdecken und noch mehr zu erleben. Mein Diavortrag zum „Abenteuer Eltern" ist noch nicht fertig. Höchstens der Zwischenbericht ist getippt. Mit vier Fingern.

Alle, die trotzdem schon mal ein paar Hinweise auf das haben möchte, was sie erwartet, nachdem der Arzt „es ist ein Mädchen" oder „sie haben einen gesunden Sohn" gesagt hat, die lade ich ein, in den folgenden Geschichten nachzublättern. Und die, die schon selbst Kinder haben, finden sich in dem einen oder anderen Abenteuer vielleicht wieder und können sich trösten lassen: Ihr seid nicht allein!

Frans Brood

Kleider machen Leute

Die richtige Kleidung. Ein heißes Thema – und es geht nicht um Modefragen. Denn ob ein Borussia-Dortmund-Trikot zur Konfirmation der Schwester stilvoll ist, Hosen in den Kniekehlen baumeln müssen oder jeder erkennen soll, welche Farbe der Tanga hat, sei dahingestellt. (String, verbessert meine älteste Tochter mich bei einem Blick über die Schulter. Es ändert aber nichts daran, dass es kaum eine Frau gibt, der so ein String steht. Von Männern will ich gar nicht reden.) Fast schon ein Künstler ist unser Sohn, der einen ganzen Urlaub in Norwegen, Angeln und Bergsteigen inklusive, in Fußballschuhen verbrachte, die zwei Nummern zu klein waren.

Nein, es geht nicht um modischen Chic, hier geht es um die dem Wetter angemessene Kleidung. Draußen tobt der Schneesturm, doch über das hautenge Top wird nur eine dünne Jacke geworfen, die dazu auch noch die ganze Nierengegend frei lässt. Und dann ab auf das Fahrrad. Oder es brennt die Sonne vom Himmel, Schwimmbäder und Eisläden melden Umsatzrekorde, doch der Herr Sohn läuft im Faserpelz durch die Gegend wie ein Eskimo im Blizzard, während er noch vor Monaten, beim Schlittschuhlaufen auf dem Fischteich, durch seine kurze Hose und das T-Shirt auffiel. Haben Kinder eine andere Wahrnehmung als Erwachsene oder handelt es sich um eine Protesthaltung?

Kompromiss-Vorschläge („bitte zumindest eine Wollunterhose unter die Badehose wenn du rodeln gehst") führen nur zu unendlichen, ergebnislosen Diskussionen, die damit enden, dass die Eltern sich streiten, während die Kinder doch machen, was sie wollen: Papa will nachgeben und Mama stellt fest, dass er ja auch nicht die erkältungskranken Kinder die Woche über pflegen müsse, sondern sich in der Firma ausruhen könne.

Letztlich hilft nur dies: Kinder in der Kühlkammer schlafen lassen oder als einziges Kleidungsstück einen Taucheranzug anschaffen. Das Sams hatte jedenfalls noch keine Blasenentzündung.

Asterix und Hakle, dreilagig

So richtig nett ist's nur im Bett. Dieser Satz aus einem Lied trifft bei uns jedoch nicht zu. Der gemütlichste Ort ab dem Pampers-Alter scheint die Toilette zu sein. Der Boden wie ein mit edlen Teppichen ausgelegtes Nomadenzelt Nordafrikas mit Handtüchern und Toilettenpapier warm und weich bedeckt, sitzen sie Stunde um Stunde vor oder auf dem Klo im warmen Shirocco des mobilen Heizers, vor sich wertvolle Lektüre mit Sprechblasen und bunten Bildern. Das Radio an, Süßigkeiten in Reichweite und alles ist gut. Nur nicht für die, die dringend mal müssen. Und hinterher liegt das Asterixheft nie, niemals im Regal, sondern auf der Matte vor der Toilette.
„Wer hat das Heft liegen gelassen?"
Keiner war es, oder, je nach Solidarität, eines der Geschwister, die dies natürlich vehement abstreiten und darauf verweisen, schon seit Tagen nicht auf Klo gewesen zu sein.
Der Versuch, über den genetischen Fingerabdruck der von Kindern niemals weggebürsteten „Bremsspuren" am Schüsselrand dem Übeltäter auf die Spur zu kommen, muss fehlschlagen, da der Aufenthalt eben nicht an die Verrichtung des Geschäftes gekoppelt ist, sondern anderweitigen Vergnügungen dient.
So räumen die Eltern halt weiter auf. Oder verteilen wieder Windeln.

Entenfüße

Hoffentlich denken Sie, wie wir, von Ihren eigenen Kindern nur das Beste. Es sind die hübschesten, die freundlichsten und die intelligentesten von allen. Hübsch, na gut, wenn man alte Fotos anschaut, fragt man sich schon, wieso man dieses haarlose, glotzende Kind mit Segelohren eigentlich immer so niedlich fand. Jetzt, Jahre später sieht es zwar toll aus, aber damals...
Mit der Intelligenz ist es auch so eine Sache. Da kann die zweijährige Tochter zwar noch nicht über den Lenker des Puky-Rollers gucken, fährt aber wie 'ne Eins, Slalom und geradeaus. Stühle, Kisten und Mülleimer werden mittels komplizierter statischer Berechnungen zu Türmen verbunden, um an die Süßigkeitenkiste zu kommen und ein Streitgespräch über die Notwendigkeit des Zähneputzens erinnert an Hauser und Kienzle, aber es ist diesem

durchaus vernunftbegabten Kind nicht möglich, die Gummistiefel so anzuziehen, dass sie nicht wie Entenfüße nach außen zeigen. Da kann man reden wie man will, an, aus, vormachen: Beim nächsten Mal sind sie wieder falsch. Rechts ist links und links ist rechts.

Andererseits ist es schön, wenn sie überhaupt Schuhe anziehen und nicht auf Socken durch den Garten rennen und diese dabei im positiven Falle nur völlig verdrecken und nicht zerlöchern. Denn spätestens, wenn die Eltern der Spielkameraden ihre Kinder bitten, beim Spielen in der Wohnung die Schuhe doch lieber anzubehalten, versinkt die durchschnittliche Mutter vor Scham in den Boden.

Logik durch Bücher

„Lies doch mal was Richtiges“, bieten wir unserem Sohn immer wieder an und schlagen Bücher vor, die entweder schlaue Pädagogen oder dumme Eltern wie wir für lesenswert erachten, „ nimm doch mal ein Buch zur Hand.“

Er blickt dann nur kurz von seinem Comic auf und zeigt wortlos auf ein „Freunde Buch“, in das er Angaben zum Familienstand, Berufswunsch und allerlei Lieblingsdinge wie Tier, Musik, Film oder Essen eintragen musste. Und richtig, konsequent steht da bei Lieblingsbuch: Ich lese nicht!

„So dicke Bücher ohne Bilder?“ werden unsere Angebote regelmäßig zurückgewiesen, „Außerdem mache ich das doch. Guckst du?“

„Deine Micky-Maus-Taschenbücher sind ja nun wirklich keine anspruchsvolle Literatur. Sprechblasen. Ächz, Knuff, Stöhn.“

„Die Texte lese ich ja gar nicht. Ich gucke nur die Bilder an.“

Ha.

Mama Taxi

Meine Frau ist einfach zu weich. Die Kinder müssen nur ein Mal treuherzig gucken, etwas von Dunkelheit und Wald murmeln und schon lässt sie sich überreden und fährt sie mit unserem klapprigen VW-Bus überall hin. Zu Freunden, ins Einkaufszentrum, zur Party oder – meistens - zum Sport. Auch wenn ich mich nun nicht als männliche Emanze outen möchte, muss doch mal festgestellt werden, dass der Beruf der Hausfrau und Mutter gesellschaftlich völlig unterbewertet ist. Das ist wirklich meine feste Ansicht und außerdem weiß ich, dass meine Frau diese Zeilen liest. Sie zum Beispiel ist eine Managerin, die es tagtäglich schafft, eine große Zahl von Einzelinteressen im Sinne eines funktionierenden Gemeinwesens zu koordinieren. Oder machen das Politiker? Ich weiß es heute in Zeiten von Spendenaffären oder Steuerlügen nicht mehr so genau. Meiner Frau jedenfalls gelingt das und stets ist sie fröhlich und ausgeglichen und somit Vorbild jeder Werbemutti, die das hundertste umgefallene Glas Kirschsaft auf dem weißen Velours mit einem nachsichtigen Lächeln quittiert, einmal mit den manikürten Händen darüber streicht, um den Fleck verschwinden zu lassen und ihrem Yuppie-Alpharüden von Mann verheißungsvoll lächelnd nach seinem Arbeitstag an der Tür begrüßt. „Hallo Schatz, wie war dein Tag?"
Bei uns ist besonders der Montagnachmittag vertrackt und erfordert die ganz hohe Schule der Organisation. Zwei Kinder spielen Handball.
Also los. Mama-Taxi in Höchstform. Erst zum Handball der Mittleren nach Norden, danach die Älteste, zumindest im Winter, zum Tanzen in den Westen. Nun die zweitjüngste von der Freundin abholen und zum Schwimmen nach Osten fahren, schnell den Wocheneinkauf erledigen und rechtzeitig wieder in den Norden. Handball-Training ist beendet. Dann den Sohn zum Handball (natürlich in einen andere Halle) auch nach Osten fahren, die Tochter vom Schwimmen und die älteste vom Tanzen abholen. Die ganze Bagage zu Hause absetzen und zum Sohn Osten zurück. Die allerjüngste macht mit ihren zwei Jahren noch keinen Sport. Ich bin aber sicher, dass sich da etwas Passendes im Süden finden lässt. Judo oder so. Was sagen Sie? Verrückt?

Stimmt. Neulich fragte ich meine Frau, warum sie keine Fahrgemeinschaften bilden würden. Da wurde sie sehr deutlich: „Weil ich nicht will!" Diese Antwort mit der Logik unserer kleinsten Tochter deutete auf ein gefährliches Terrain hin und ich bekam nur noch so viel heraus, dass sie zu oft enttäuscht worden ist im Leben. Sie müssen wissen, dass wir sehr pünktlich sind. Während andere Kinder beispielsweise zum verabredeten Abholzeitpunkt noch spielen, essen oder die Haare geschnitten bekommen, stehen unsere bereits zehn Minuten im Regen auf der Straße und warten. So fährt sie also weiter selbst. Der Tankwart ist ihr bester Freund. Doch was sollen wir machen? Die Kinder auf das Rad setzen? Auf dass sie dann dem Volkssport Nummer 1 nachgehen?

Sie dachten, das sei Fußball? Weit gefehlt. Heute ist das das Radfahren ohne Licht. Mit den Sonderprüfungen „3 Mann nebeneinander" und „Wer hat die dunkelste Kleidung an?". Wenn ich einen Radler mit Licht sehe, bin ich immer ganz erschrocken. Meistens hat er dann aber auch einen Helm auf dem Kopf, reflektierende Hosenschlaghalter um die sehnigen Schienebeine und klebt „Parke nicht auf unseren Wegen"-Aufkleber auf unsere Außenspiegel. Ich habe schon überlegt, meinen alten Traum der Selbständigkeit zu verwirklichen und in den Handel mit schwarz gefärbten Fahrradlampen einzusteigen. Ich denke da an hochwertig oder teuer aussehende Strahler in nachtschwarz, dunkelbraun oder tiefblau. Völlig ohne Leuchtwirkung, aber super angesagt bei den Freunden. Die blenden auch überhaupt nicht und benötigen keine Birnen oder Batterien. Genial. Doch ich schweife mal wieder ab.

Meine Frau läuft und läuft wie ein VW-Käfer. Sie sucht übrigens gerade einen Nebenjob. Ich riet, es bei einem Taxi- oder Busunternehmen zu versuchen. Referenz: zehn Jahre Dauereinsatz mit anspruchsvollsten Kunden. Denn die Kinder möchten punktgenau abgeliefert werden, erwarten die Darreichung leichter Getränke und kleiner Snacks sowie die Bereitstellung angemessener Unterhaltung. Je nach Alter Benjamin Blümchen, törööööh, „Die drei Fragezeichen" oder Seeed. Und bitte, aufgeräumt und sauber soll der Wagen sein. Natürlich nicht von den Kindern. Träumen Sie weiter. So wie meine Frau. Dass ihr jemand beim Autowaschen oder Scheibenwischerwechseln einen Kuss auf die Wan-

ge haucht und sagt: „Danke, Mama, dass du uns immer überall hinfährst." Doch das würde sie wohl gar nicht bemerken. Denn sie plant schon wieder den nächsten Tag.
Vielleicht arbeitet sie demnächst im akademischen Bereich. Die Universität hat nachgefragt. Sie wird wohl Kurse im Zeitmanagement geben. Wenn sie nicht die Kinder abholen muss...

Von Lemmingen und anderen Haustieren

Und es kommt der Tag, an dem die Kinder um Haustiere bitten, betteln, fordern. Ob Pferd, Hund oder Hamster, alles ist recht.
„Und dann müsstest Du jeden Tag mit dem Hund Gassi gehen."
„Klar mache ich."
„Und den Kaninchenstall musst du regelmäßig reinigen."
„Klar, mache ich."
„Und den Papagei musst du täglich füttern."
„Klar, mache ich."
Wie blöd Eltern so sind, zeigt sich daran, dass an jeder Ecke ein Heimtiermarkt aufmacht, obwohl Kinder diese Versprechen nie einhalten. Haben sie nicht und werden sie nicht und das ändert sich auch nicht in 1000 Jahren. Ob Vater und Mutter und ob freiwillig oder taktisch geschickt von den lieben Kleinen gegeneinander ausgespielt – Papa hat nichts gegen ein Meerschweinchen – am Ende kämpfen sich die Eltern um 6 Uhr morgens mit Wauwi durch den Regen oder fegen die Hasenkötel vom Teppich.
„Hast du dem Kater sein Futter hingestellt?"(Oder des Katers Futter – ich muss einmal beim Zwiebelfisch Bastian Sick nachfragen.)
„So gut wie", antwortet mein Sohn sibyllinisch und widmet sich wieder dem Computerspiel, während die Katze durch die Scheibe traurig meine Vermutung bestätigt. Wohl eher nicht!
Kinder gehen sehr geschickt vor und dosieren die elterlichen Tätigkeiten in kleinen Schritten bis hin zur vollständigen Erledigung durch Mama und Papa. Selbiges gilt nicht nur für das Tier an sich, sondern auch für Sonderabsprachen. Tiere ja, aber nie im Haus - und schon haben die kleinen Wollknäuel Nachwuchs und dann ist es für sie plötzlich draußen zu kalt, obwohl sie ursprüng-

16

lich aus, sagen wir mal, Sibirien stammen. Falls Ihre Tochter Sie zu Lemmingen überredet hat. Oder der fünfjährige promovierte Verhaltensforscher in seinem Hochstuhl aus pflanzlich gelaugtem, nachwachsendem Plantagenholz erläutert, dass nur das Kinderzimmer mit seiner Vielzahl an natürlichen Hindernissen aus Spielsachen und herumliegender Kleidung geeignet ist, ein naturidentisches Biotop nach zu bilden. Angeknabberte Elektrokabel inbegriffen. Gesunde Zähne sind wichtig.

Nie Merci

Jedes Jahr Anfang Mai versucht das Werbefernsehen uns einzureden, dass der Muttertag unmittelbar bevorsteht und man deshalb gefälligst Geschenke kaufen soll. Die Kinder sehen das natürlich auch und mancher Lehrer unterstützt das Ganze noch mit Aufforderungen zu Gedichten und anrührenden Geschichten, die der Mutti dann überreicht werden sollen. Meistens bleiben das Fragmente, die schließlich auch von den kleinen Geschwistern zerknüllt oder zerrissen werden. Stattdessen wird dann doch lieber der Frühstückstisch mehr schlecht als recht gedeckt und von weiteren Ehrerbietungen abgesehen.
Fragt man Experten wie zum Beispiel meine Mutter, gibt es diesen Tag denn auch gar nicht. Sie hat jedenfalls niemals von mir ein Gedicht, einen Blumenstrauß oder eine Packung Merci bekommen.
Sind Sie eine Leserin: Hoffen sie weiter, meine Mutter geht auf die 80 zu und tut es auch noch.
Sind Sie ein Leser: Weg mit dem schlechten Gewissen! Sie haben Ihrer Mutter über die Jahre gedankt, indem Sie ihr immer wieder Ihre schmutzige Wäsche anvertrauten, sich von ihr gesund pflegen ließen oder klaglos Grützwurst mit Kartoffelmus aßen.

Freiwillige vor!

Ich gebe zu, seit Reinhard Meys legendärem Lied kann man kaum Neues zum Thema Elternabend beitragen. Es ist immer noch „erquickend und labend", dieser Mischung aus der Selbsthilfegruppe „Wie rede ich kleine Probleme groß" und einer Kirchenvorstandssitzung beizuwohnen, während einem das Geld aus der Tasche gezogen wird.

Da meine Frau und ich mehrere Kinder haben, spreche ich aus Erfahrung, wenn ich den allerersten Schul-Elternabend, das erste zarte Beschnuppern der anderen Eltern, als Höhepunkt eines dornenreichen Weges durch die Schulzeit bezeichne, der von da an nur noch bergab geht.

Das Vorspiel, der Elternabend im Kindergarten, ist rein körperlich die größte Qual. Die Stühle im Puppenstubenformat verursachen alle bekannten Krankheitsbilder vom Bandscheibenvorfall bis zur versetzten Blähung. Gewöhnungsbedürftig sind kleine Brötchen, die die Kinder aus biologisch-dynamischem Getreide selbst gedroschen, gemahlen, geformt und gebacken haben. Salzlos und hart. Und brav stellen alle Eltern fest, wie lecker sie sind, während sie sich heimlich auf die Ofenfrischen vom Bäcker ihres Vertrauens am Sonnabendmorgen freuen. Die Höchststrafe ist, wenn man auch noch Lieder singen muss. Tipp: Meiden sie Kindergartenelternabende in der Weihnachts- oder Erntezeit, vor Pfingsten und zwischen Nikolaus und Ostern!

Nie aber werde ich unseren ersten Schulelternabend vergessen: Der Vater, der die Klassenlehrerin schon kannte und sie als Mischung aus Mutter Teresa und Albert Einstein pries. Er schien mit der Einschulung die Erziehungspflicht seiner Kinder auf die Lehrerin zu übertragen, um sich fortan nur noch dem Aquarium oder seiner elektrischen Eisenbahn widmen zu wollen. Oder die fragenden Augen, was denn bloß Jaxon-Kreide ist, die in keiner Schultüte fehlen darf. Der übliche Wichtigtuer, der unbedingt jetzt schon wissen musste, bei wem sein Sohn in der 3. Klasse, 2. Halbjahr Deutsch-Förderunterricht bekommen kön-ne. Unvergeßlich.

Der Elternabend an sich ist eine der leichtesten Möglichkeiten, ein halb-öffentliches Amt zu bekleiden. Ob man will oder nicht.

Elternvertreter werden eigentlich immer gesucht und die Wahlaufrufe durch die verzweifelten Lehrer gleichen oftmals der Bitte, Freiwillige für die Versorgung Lepra-Kranker in Kalkutta zu finden. Man schaut angelegentlich zur Seite, wühlt wichtig in den verschimmelten Pausenbroten des zu kleinen Schreibtisches vor sich herum und hofft inständig, dass man nicht vorgeschlagen wird. Zwei Elternvertreter, zwei Vertreter der Vertreter, da muss man sich lange ducken. Heutzutage bleibt es ja nicht beim Zusammenstellen der Klassenliste. Man muss Geld sammeln für ein Geschenk an die Lehrer oder für neue Bücher. Es soll schon Klassenlehrer mit Kartenlesegerät geben. Ritsch-ratsch. Schon ist der Ausflug ins Museum finanziert. Dazu soll man den Elternabend leiten oder muss Elternstammtische durchführen. Kürzungen im Bildungsetat bedeuten Klassenputzaktionen. Wer organisiert die wohl?

Beim ersten Elternabend meiner Frau und mir passierte allerdings Unerhörtes, nie Wiedergekehrtes. Vielleicht war Föhn oder die Lehrerin besonders charmant, jedenfalls boten sich binnen Minuten vier Kandidatinnen an, ohne dass man ihnen Stromschläge verpassen oder sie mit dem Einsperren in die Jungens-Toilette bedrohen musste. Einfaches Überreden genügte. Übrigens sind es nur Frauen, die sich zur Verfügung stellen. Der Mann an sich ist völlig ungeeignet für diese Aufgabe, da sie ihm schmerzlich vor Augen halten würde, welch Pipifax seine täglichen Wichtigkeiten im Beruf gegen die Probleme im richtigen Schulleben sind. Sein Weltbild über die Arbeit einer Frau und Mutter würde zusammenbrechen.

Vier Kandidatinnen also, von denen nur drei genötigt werden mussten. Die vierte allerdings trug von Anfang an ein Schild „Wählt mich, ich bin wichtig" auf der Stirn. Alles klar, Wahl erledigt. - Denkste. Die Lehrerin kannte keine Gnade und wollte, berauscht von der Fülle der Freiwilliginnen, wenigstens einmal im Berufsleben eine echte Wahl erleben. Nicht die übliche Absprache mit den Bewerberinnen. Sie suchte weiter. Verweile Augenblick, du bist so schön. Und tatsächlich, eine fünfte Kandidatin war bereit, weil uns sonst der Hausmeister rausgeworfen hätte. (Dieser Elternabend wird mittlerweile in Fachbüchern erwähnt. Demnächst soll eine wissenschaftliche Auswertung klären, ob die Geschehnisse auf einer spontanen Gen-Mutation oder einer besonderen Konstellation von Merkur, Pluto und Uranus beruhen.)

Sie können sich denken, wie es kam: Nicht gewählt wurde die einzige Kandidatin, die das Amt schon vorher unbedingt wollte. Sch..demokratie. Dieser Makel der verlorenen Wahl hängt ihr übrigens immer noch nach. Man sieht sie manchmal, in der Dämmerung, ganz rechts an der Hecke durch den Stadtteil schleichen. Sie ist dann immer die Frau, die nicht gewählt wurde. Vielleicht ist sie ja inzwischen im Kirchenvorstand. Ich würde es ihr wünschen.

Qual(m)

Der Elternstammtisch ist die verschärfte Form des Elternabends. Zur üblichen Qual der Langeweile kommt hier, dass man für das Ganze auch noch Geld bezahlen muss, da man sich immer beim Griechen um die Ecke trifft und den ganzen nutzlosen Abend lang neben einem Langweiler sitzt, den man nicht kennt und von dessen Kind man auch noch nie etwas gehört hat. Die wirklich wichtigen Dinge werden am anderen Ende des Tisches besprochen und hinterher stinkt man drei Tage lang nach Zigarettenqualm.

Zum Kotzen

Klar hätte man das auch etwas netter ausdrücken können, doch tatsächlich trifft nur dieses hässliche Wort den Wesensgehalt dieser schmutzigen Angelegentlich wirklich richtig. Erbrechen? Übergeben? Nein, selbst „speien" ist zu wenig, um die Folgen kindlicher Übelkeit, sei es aufgrund übermäßigen Süßigkeitengenusses (Kind, ich habe dir doch gesagt, dass dir die Tüte Gummibärchen nach den drei Flaschen Cola und dem Party-Eimer Chips nicht gut tun wird) oder wegen eines im Kindergarten grassierenden Magen-Darm-Virus, zu beschreiben.

Die Übelkeit tritt auf jeden Fall nachts auf, so in der elterlichen Tiefschlafphase irgendwann nach Mitternacht. Und nie an Tagen, an denen man ausschlafen kann. Kinder können auch nicht wirklich vorher Bescheid sagen oder den Kotzreiz unterdrücken.

Womöglich rufen sie „Bescheid" in die dunkle Nacht, doch die Eltern schlafen ja gerade und außerdem ist es sowieso zu spät: Nur Sekunden später fliegt das Abendbrot und die süßen oder salzigen Mitbringsel von Oma und Opa landen mit Glück nur in der Bettdecke, normalerweise aber auf dem Teppich, der frisch gestrichenen Wand oder dem Lampenschirm.

Falls die Eltern vom Würgreiz noch nicht geweckt worden sind, steht kurz darauf ein Häufchen Elend vor dem Bett und sagt „Hab kotzt", während die nächste Ladung auf dem Weg vom Magen zum elterlichen Bettbezug ist. Während der Vater flucht und etwas von „tolle Nacht" murmelt und sich mit den Worten „machst du das Schatz, ich muss ja früh raus" umdreht und weiter schnarcht, wechselt die Nur-Hausfrau, die bekanntlich bis in die Puppen ausschlafen kann, die Bettwäsche und den Schlafanzug. Sie duscht das Kind, weckt damit die Geschwister, reinigt den Teppich, beruhigt und tröstet den Nachwuchs, ist hundemüde - und legt sich eine Stunde später hellwach ins Bett. An ein Einschlafen ist natürlich nicht mehr zu denken und wenn sie dann doch endlich, so eine Stunde vor dem Weckerklingeln, eindämmert, übergibt sich das kleine Wesen erneut und alles beginnt wieder von vorn. Aber bitteschön leise, damit Papa weiterschlafen kann.

Größeren Kindern sollte man zur Vorsorge immer einen Eimer ans Bett stellen. Zwar ist dann später trotzdem alles voll Erbrochenem — aber immerhin hat man morgens einen sauberen Eimer, wenn man den Dreck wegwischt.

Übrigens machen auch Kotzaktionen im Auto viel Spaß. So schnell kann man gar nicht anhalten. Der Autohimmel des neuen Familien-Vans sollte entsprechend farblich vorgewählt werden. Fachleute, die wir neulich trafen, rieten bei kleineren Kindern zu großen Schalensitzen. Die wären nicht nur sehr sicher, sondern würden auch ein prima Rückhaltebecken für das Erbrochene bieten.

Von Ede Zimmermann nach Kamtschatka

Angeblich sollen die Hauptgründe von Streitigkeiten zwischen Männern und Frauen in dem weiblichen Vorwurf begründet sein, Männer könnten nicht zuhören, während diese den Frauen immer vorhielten, dass sie nie rechtzeitig fertig würden. Dann kämen Wäsche herumliegen lassen oder das Klagen, nichts anzuziehen zu haben. Soweit die Statistik aus zweifelhafter Quelle (Zeitung). Bei meiner Frau und mir sieht das anders aus. Wir sind so harmonisch, dass uns angst und bange wird. Freunde und Verwandte sprechen voller Erfurcht von unserer Ehe und berühren vereinzelt unseren Saum. Und das liegt nicht daran, dass ich 10 Monate auf hoher See bin oder meine Frau Entwicklungshilfeprojekte in Äthiopien leitet. Nein, wir passen einfach perfekt zusammen und außerdem gebe ich meistens nach. Es gibt nur einen Punkt, der zu Streit führt – und das regelmäßig: Es handelt sich um das Heiligtum in der Mitte unserer Schrankwand, einem schwarzen Kleinod aus Plastik, Glas und Schaltkreisen: Den Fernseher! Früheres gelangweiltes Ignorieren hat sich bei meiner Frau zu einer Art inquisitorischen Verfolgung entwickelt. Nun, sie wird mich nicht dem Scheiterhaufen übergeben, nur weil ich jede Sportart außer Dressurreiten im TV verfolge, aber die Kinder sollen nicht diesem Werk des Teufels anheim fallen. Ich selbst habe schon mit 9 Jahren einen eigenen Fernseher erhalten. Weihnachten im Harz in Braunlage. Das war todlangweilig dort, mit lauter Erwachsenen im Schneematsch. Doch das ist eine andere Geschichte. Ich war Einzelkind und mein bester Freund hieß Telefunken. Der Bildschirm hatte die Ausmaße einer mittelgroßen Briefmarke und die Antenne war schon nach ein paar Tagen ein alter Kleiderbügel aus Draht. Er verhalf mir zu vielen schönen Stunden wohligen Grusels. Ich erinnere mich an die Theaterbesuche meiner Eltern. Komischerweise immer freitags, wenn Eduard Zimmermanns „Aktenzeichen XY" lief. Wie magisch angezogen, sah ich diese ersten Versuche von Reality-TV, schreckte anschließend bei jedem Knacken in der Wohnung hoch und sah vorsichtshalber in allen Schränken nach, ob sich dort nicht der flüchtige, an einer auffälligen Narbe an der Wange zu erkennende Raubmörder verborgen hielt.

Und was habe ich für schöne Tierfilme gesehen: Grzimek in Afrika, Cousteau unter dem Meer. Speedy Gonzales, die schnellste Maus von Mexiko oder Daktari mit Judy und Clarence. Noch heute führe ich meine recht gute Allgemeinbildung auf den lehrreichen Einfluss des Fernsehers zurück. Meine Frau wusste neulich jedenfalls nicht, wo das Ochotskische Meer ist. Ha! Und meine Kinder können jetzt schon fast jeden Werbespot nach 0,8 Sekunden erkennen und den Text soufflieren. Sie selbst gibt lieber die Diplom-Hobby-Psychologin und führt jeden noch so kleinen Wutanfall unserer kleinen Lieblinge auf den gestrigen Fernsehkonsum zurück. Sie ist die Gute, liest den Kindern etwas vor, streichelt sie beim Einschlafen, bastelt mit ihnen lustige Püppchen. Und ich bin der Leibhaftige. Der Verderber. Dabei ist es so wichtig, dass ich die Kleinen dabei begleite, wenn der Weiße Hai mal wieder ein Bein abbeißt. Aggression durch Fernsehen. Das sagt die Richtige. Denn wegen wessen Gewaltausbruch kann ich die Sender nicht mehr richtig einstellen, weil sie die Originalfernbedienung auf das Parkett geknallt hat? Überhaupt die Fernbedienung. Immer stöhnt sie, nur weil es ihr nicht wie den Kindern und mir möglich ist, 31 Sendungen gleichzeitig durch geschicktes Umschalten zu verfolgen. „Ich möchte mal einen Film ganz zu Ende sehen", klagt sie gebetsmühlenhaft - und schläft nach zehn Minuten ein. Toll, da haben meine Sohn und ich das wichtige 4:0 von Unterhaching gegen Mainz 05 schon verpasst oder werden womöglich nie erfahren, wie Matlock den gegnerischen Staatsanwalt übertölpelt hat.

Neulich allerdings kam selbst ich ins Grübeln. Dass die Kinder lieber den Fernseher anschalten als das Radio und das Bild mit einem Tuch verhängen – wieso, wir gucken ja nicht – fand ich noch recht originell. Doch als ich kürzlich ins Wohnzimmer kam, saßen drei meiner Kinder vor dem ausgeschalteten Fernseher und sahen gebannt ihr eigenes Spiegelbild an.

Nun ist es nicht so, dass unsere Kinder mit anderen Freizeitaktivitäten nichts anfangen können. Im Gegenteil, sie können sich wunderbar mit dem Computer beschäftigen, erreichen auf dem Gameboy leicht den höchsten Level oder gönnen sich ab und zu eine Fahrt ins Kino. Natürlich ökologisch einwandfrei mit öffentlichen Verkehrsmitteln. Wie wollen sie ja nicht verwöhnen, sondern zur Selbständigkeit erziehen. Pech, wenn sie dann an der Altersbeschränkung „ab 6 Jahre" scheitern.

Ich gebe zu, dass heute das TV-Angebot „Rund um die Uhr" viel größer ist als zu meiner Zeit. Da begann es gegen Vier mit Plumpaquatsch und in den Ferien schon mal um Zwei. Heute haben sich zu dieser Zeit bereits mehrere Laiendarsteller als Liebhaber perverser Sexspiele geoutet oder Richterin Salesch diverse Fälle von Inzucht rechtsstaatlich abgeurteilt. Doch die Kinder können andererseits nicht frühzeitig genug beginnen, sich auf eine Karriere als Jurist vorzubereiten. Modernes Schul-Fernsehen, wie früher. Sozusagen Telekolleg, nur dass der Moderator keinen beigefarbenen Pullunder oder eine Hornbrille, sondern eine Robe trägt.

„Spiele doch mal wieder was mit den Kindern", rät mein geliebter Großinquisitor, „das ist auch für die Bindung zwischen Vater und Kindern gut."

Na, zu wem kommen die wohl, wenn sie fernsehen wollen? Keine Bindung? Paah.

„Papa, sprichst du mit Mama, gleich läuft Schloss Einstein?"

Klar, ich spiele auch gern, doch wenn „Trivial Pursuit" oder „Wer wird Millionär?" vorgeschlagen wird, kneift meine Frau. Hätte sie man früher mehr fern geguckt. Übrigens, das Ochotskische Meer liegt westlich von Kamtschatka. Wo das ist? Auflösung morgen, VOX, 23.45 Uhr.

Eine Tüte für 'nen Euro

Damals, einige Zeit nach der Umstellung von DM auf den Euro, versuchten uns dubiose Fachleute (Wirtschaftswissenschaftler, Journalisten, Politiker, wie gesagt, dubiose Menschen) durch zweifelhafte Statistiken zu belegen, dass es den sogenannten (T)euro nicht gab. Subjektive Wahrnehmungen würden uns in die Irre leiten, denn Verteuerungen lagen nicht an der neuen Währung, sondern an Missernten andalusischer Tomatenbauern oder unverschämten Gehaltsabschlüssen der Lufthansa-Piloten. Die Statistiken waren eindeutig; alle Dinge, die man so täglich oder zumindest wöchentlich kauft, waren mit dem Euro nicht teurer geworden: Jumbo-Jets, landwirtschaftliche Nutzflächen oder

Diamantencolliers. Dabei ist der Beweis, dass wir für blöd verkauft wurden, ganz leicht zu führen. Man muss nur in einem handelsüblichen Schwimmbad mit Kindern gebadet haben und wird dort durch den Kiosk aufgeklärt.

Jedes normal entwickelte Kind – von organisch-dynamischen Wurzelzwergen, die sich auch mit einem Apfel oder einem Stück Kohlrabi zufrieden geben mal abgesehen – verlangt nach einer Naschi-Tüte. Da können Sie diskutieren wie Sie wollen, mit der Euro-Münze für den Kleiderschrank im Umkleideraum haben Sie den Kauf quasi eingeleitet. Die Schränke sind meiner Meinung nur aus diesem Grunde aufgestellt. Es geht nicht darum, Diebstahl zu vermeiden, sondern später dem Kiosk Umsatz zu bescheren.

„Ich will 'ne Tüte Naschis.“

„Heute mal nicht. Ich habe auch gar kein Geld dabei.“

Lächerlicher Versuch, denn:

„Guck mal Papi, ich habe doch schon einen Euro.“

Es muss auch immer der volle Euro sein. 50 Cent-Münzen ziehen nicht und NaschiTüten für krumme Beträge sind allerhöchstens Legenden. Im Juni 2002 soll in Wuppertal–Elberfeld mal eine Mutter ihren Sohn zu einer Tüte für 70 Cent überredet haben.

Grundsätzlich lauert hinter dem von Kinderhändchen und -mündchen verschmierten Glastresen – „Nicht aufstützen, weg da, das hält nicht!“ – halb verdeckt durch Plastikdosen mit weißen Mäusen, Brausebonbons oder Salmibrezeln, eine genervte Frau kurz über dem Rentenalter. Sie folgt ohne die eigentlich notwendige Geduld den langatmigen Auswahlentscheidungen Ihrer Kinder, tauscht den Colabonbon ein drittes Mal gegen die zwei Gummipilze aus, „ach ne, doch lieber einen Speck und zwei Apfelringe“ und schnauft dabei wie Antje, das Walross. Das Sortiment an Süßigkeiten ist reichhaltig und verlockend und die richtige Auswahl will halt gut überlegt sein. Die Schlange wird lang und länger – und schließlich soll es dann doch mal nur ein Lolli und die Kette aus Traubenzucker sein.

Am Ende verzählt sich der Drachen hinter dem Tresen grundsätzlich zu Ungunsten der Kinder und hat für 30 Cent zu wenig in die Tüte getan. Zumindest, wenn die Kleinen allein einkaufen. Sollten die Eltern dabei stehen, ist die Frau im Nylon-Pullover mit den durch den Aufenthalt im feuchtwarmen Badebiotop plattgedrückten Haaren die Güte selbst, zuvorkommend und großzügig. Da sie nebenbei auch noch den Tresen zum Beckenraum bedienen und für Sitzplatzgäste Würste und Pommes frites braten muss, kann der Einkauf einer Naschi-Tüte schon mal so lang wie der ganze bisherige Schwimmbadbesuch dauern. Aber irgendwann sind Sie den Euro dann endlich los.

Für diesen Euro hätte Ihr kleiner Liebling vor der Währungsumstellung noch die doppelte Menge Karies verursachender Leckereien bekommen. Ohne Hemmungen wurde hier eine Eins-zu-Eins-Umstellung vorgenommen, die vom größten Teil der Bevölkerung leider nicht erkannt worden ist. Scheinbar befinden sich die Schwimmbad-Kiosk-Süßigkeiten nicht im statistischen Warenkorb, der zum Beweis gegen eine Teuro angeführt wird. Dubios. Vielleicht sollte man zumindest mal statistisch untersuchen, ob sich mit der Euroeinführung die Anzahl der Zahnarztbesuche verringert hat. Statistiken sollen nicht teurer geworden sein.

Party time

Eine der schlimmsten Foltern für Nerven, Portemonnaie und die Auslegware sind Kindergeburtstage. In der guten alten Zeit haben wir Topfschlagen gespielt oder Sackhüpfen und wenn es ganz verrückt wurde, ist Frank Peleikes, der antiautoritär erzogene Sohn unserer Nachbarn, über den Tisch gekrabbelt und warf die Saftbecher um.

Heute werden Sie blöd angeguckt, wenn, je nach Alter, die Feier nicht bei McDonald, im Spaßbad oder auf der Kegelbahn stattfindet. Mit anschließender Fahrradrallye und Fondue-Essen. Dazu anspruchsvolle Spiele mit hochwertigen und individuell abgestimmten Preisen. Sonst hat man eine Horde mauligweinender Mädchen um sich: „Der Ring gefällt mir aber nicht, warum hat die einen in Gold und ich nicht, zick zick zick." Jungs sind da, wie so oft im Leben, einfacher gestrickt: Den drücken Sie einen Fußball in die Hand, schicken sie zum Bolzplatz und schon ist Ruhe.

Immer mehr in Mode kommen auch Übernachtungsparties. Sofern Sie nicht in einem Palast wohnen und eine Schar Haushälterinnen beschäftigen, sollten Sie die Finger davon lassen. Eine Horde aufgedrehter Kinder, die außer Video- oder DVD-Gucken mit sich nichts anzufangen wissen und jeden Alternativ-Vorschlag als langweilig abtun. Ab 22.30 Uhr bitten, flehen, fordern Sie als Eltern die Kinder stündlich zur Ruhe auf und verbringen selbst eine schlaflose Nacht, weil nicht nur das Gelächter sie wacht hält, sondern auch die ständigen Toilettenbesuche Ihrer jungen Hausgäste, die scheinbar trotz ihres jugendlichen Alters unter Prostata-Problemen oder Inkontinenz leiden. Um sechs Uhr morgens wollen die dann auch sofort wieder Fernsehen und noch Wochen später ernten Sie böse Blicke der anderen Eltern, weil deren Lieblinge die nächsten Tage wegen chronischer Müdigkeit zu nichts zu gebrauchen waren. Und Sie versuchen immer noch, die Cola-Reste aus dem Velours zu waschen.

Soviel zur Problematik, wenn man als Veranstalter aktiv wird. Ohne Studium der Kommunikationswissenschaften oder einem dreijährigen Praktikum als Animateur in einem Club Mediterranee ein fast aussichtloses Unterfangen. Doch auch die Feiern bei anderen leidgeprüften Hobby-Unterhaltern bergen Risiken. Es sind merkwürdigerweise nämlich immer Sie, die Ihr Kind als erstes von der Geburtstagsparty abholen und sich dafür beschimpfen lassen müssen.

Durch das Frühstücksbrot zum Nobelpreis

Ich kannte mal einen Jungen, der hatte über seinem Bett diverse Einmachgläser, in denen er in koffeinhaltigen Erfrischungsgetränken Fleisch, Eier, undefinierbare Körperteile oder andere Lebensmittel zersetzen ließ. Das sah gruselig aus und erinnert mich heute an meine Besuche im Zoologischen Museum oder der Gerichtsmedizin: Da der letzte in freier Wildbahn gefangene Grottenolm im Marmeladenglas, hier der Penis eines Pottwals (im 1700ml-Format Senfglas). Gelegentlich öffnete er eine seiner Proben, fächelte sich etwas Duft zu und schaute glücklich drein.

Leider ist mein Kontakt zu ihm abgerissen. Wahrscheinlich ist er heute Molekularbiologe am Tropeninstitut.

Er wohnte in einer verkommenen Hochhaussiedlung und warf vom elterlichen Plattenbaubalkon immer Eier aus dem 7. Stock

auf die Passanten. Vielleicht ist er aber auch nur Handgranaten-
werfer in der Fremdenlegion geworden und schlägt sich im Ur-
wald von Französisch-Guayana mit Mücken und Malaria herum.

Die erste Möglichkeit macht mir in Hinblick auf meine Kinder
Hoffnung. Der nächste „Jugend forscht"-Wettbewerb ist ihrer,
denn die unterschiedlichen Versuchsaufbauten mit ihren Früh-
stücksbroten deuten auf große wissenschaftliche Begabungen.
Viele Eltern klagen, dass die liebevoll gestalteten Frühstücksbrote
aus leckerem Vollkornbrot, belegt mit Augenwurst und Gurke
(natürlich unbehandelt) direkt in den Müll wandern würden.
Unsere Kinder sind da ganz anders. Entweder werden sie ver-
schenkt, meistens aber tagelang in der Schultasche – wahlweise
ein Rucksack oder eine Plastiktüte – herumgetragen. Erst wenn
meine Frau die Notwendigkeit einer Tupper-Party ins Gespräch
bringt, da der Bestand an Naschkätzchen oder Frischepavillons
zur Neige geht, tauchen die Behältnisse wieder auf. Zum Öffnen
derselben empfehle ich eine Gasmaske und Sicherheitshandschu-
he aus Kevlar. Oft kann auch ein handelsüblicher Kescher gute
Dienste leisten, wenn sich in den Dosen nämlich bereits Lebens-
formen entwickelt haben, die auf der Evolutionsleiter kurz über
den Sporen stehen. Seien Sie also vorsichtig, wenn Sie die Inhalte
der Dosen vom Seuchendienst Ihrer Feuerwehr entsorgen lassen:
Vielleicht verhindern Sie den Nobelpreis in Medizin für Ihren
Nachwuchs, weil sich aus dem 8 Wochen alten Leberwurstbrot
ein Impfstoff gegen AIDS hätte extrahieren lassen.

Schmutzige Wäsche

Wie Sie vielleicht bemerken, führen meine Frau und ich eine äußerst harmonische Ehe. Trotzdem wird auch bei uns reichlich schmutzige Wäsche gewaschen. Zwei Erwachsene, eine Handvoll Kinder und eine gelegentlich inkontinente Katze lassen jeden weißen Riesen vor Freude juchzen. Das ewige Wechselspiel sauber – dreckig führt nicht nur zu satten Gewinnen der Waschmittelhersteller, sondern bietet allerlei Zündstoff innerhalb der Familie.

Das fängt schon mal damit an, dass früher bei Muttern (somit heute bei der Oma) die Wäsche nach Aprilfrische roch und schmusig weich war. Während man sich heute mit ihnen nicht nur abtrocknen, sondern aufgrund des Härtegrads auch noch massieren kann. Meine Frau verweist bei Klagen meinerseits dann gern auf Ökobilanzen und Schaumberge vor Westerland, während ich mir die Handtuchbretter vor den Kopf schlage.

Viel schlimmer aber sind die Wäscheberge, die täglich anfallen. Himalaja, nicht Alpen. Und es wird immer schlimmer. Die Kinder haben nämlich eine ganz besondere Aufräumtechnik entwickelt. Grundsätzlich haben sie mal keine Lust, das Chaos aus unvollständigen Gesellschaftsspielen, Puppenköpfen, Zetteln oder Essensresten in ihren Zimmern zu beseitigen. Das haben immer die Geschwister angerichtet, egal, ob die gerade auf Klassenreise waren oder bei Oma und Opa oder ein sonstiges Alibi vorweisen können. Wenn sie dann doch gnädigerweise zur Beseitigung der Unordnung beitragen – gelockt durch freundliches Verweisen auf Computer- oder Fernsehverbot – besteht ihr Beitrag meistens darin, alle Kleidungsstücke der maschinellen Reinigung zuzuführen. Egal, ob einmal getragen oder eine ganze Woche lang. Allerdings hat auch das gegenteilige Verhalten in Form des Tragens ein und desselben HSV-Trikots mit der Nr. 14 ohne Unterbrechung beim Sport, in der Schule, nachts oder der Silberhochzeit von Tante Frieda und Onkel Horst auch seine Nachteile - zumindest geruchstechnisch. Jedenfalls ist das selbstständige Zusammenlegen sooooo mühsam. Kinder, die ohne Probleme kleine Computerprogramme installieren oder ihr Zimmer im monatlichen Rhythmus komplett umbauen können (leichte Tischler-

und Malereiarbeiten inklusive) schaffen es nicht, eine Hose zusammenzulegen oder Socken zu rollen. Stattdessen wird die Kellertür geöffnet und ab dafür. Um zu unseren Nahrungsmittelvorräten oder der Heizungsanlage zu gelangen, muss man sich so regelmäßig durch die Berge feuchten Sportzeugs, verkrempelter Unterhosen oder völlig sauberer Jeans kämpfen. Und auch die Waschmaschine selbst ist irgendwo hinter diesem Zwischenlager und harrt ihrer Benutzung. Hier gilt dasselbe wie beim Zusammenlegen: Die Kinder können die Maschine nicht bedienen. Meine arme Frau muss alles selbst machen. Ich kann leider auch nicht helfen, da ihr Zettel mit der schrittweisen Anleitung – 1. linken Knopf auf 3, dann 2. rechten Knopf auf 40°C ...- nur für die alte Maschine galt.

Diese Berge von Wäsche wollen natürlich auch noch zusammengelegt, eventuell gebügelt und last but not least verstaut werden. Waschkorb um Waschkorb wird dafür in unserem Schlafzimmer, einem Buntwäsche-Gorleben ohne Trecker fahrende Protestlobby, zwischengelagert. Hier versuche ich mit der Erlaubnis gleichzeitigen Fernsehens, eine Entlastung meiner Frau Klementine zu erreichen. Leider zeigt sie sich regelmäßig wenig begeistert und moniert notwendige Nacharbeiten. Warum müssen die Handtücher auch alle gleich im DIN-Format zusammengelegt werden? Knüddel oder Dreiecke sind doch ebenfalls sehr schön. Auch das Wegräumen in die Schränke klappt eigentlich nur, wenn meine Frau es macht. Sonst hätte ich plötzlich nur noch Socken mit der Biene Maja in meiner Schublade. Oder meine Frau stünde ohne Slips da.

Eine Lösung für das Problem habe ich nicht. Eine Einsicht bei den Kindern ist nicht zu erkennen. Gut, wir könnten sie mal ohne Kleidung zur Schule gehen lassen. Aber wer muss sie dann gesund pflegen? Richtig, meine Frau, denn ich bin ja in der Firma und schaffe Geld für neues Waschmittel heran. Nur unser Sohn trägt, wie gesagt, unterdurchschnittlich zum Wäschechaos in unserem Haushalt bei. Wenn Sie also mal Barbarez, der 14 vom HSV, begegnen: Riechen Sie nicht so stark an ihm, denn es ist nicht der April, der da duftet.

Augen, größer als Bäuche

Es ist traurig, aber wahr. In unserem Haushalt werden anlässlich zumeist warmer Mahlzeiten pro Jahr derart große Mengen an Lebensmittel vernichtet, um die gesamte notleidende Bevölkerung von Haiti oder Burundi mehrere Wochen lang zu ernähren. Die Portionen auf den Tellern unserer Kinder reichen bereits kanadischen Waldarbeitern zur Ehre, doch die kleinen Hänflinge um unseren Tisch laden immer mehr auf. Man möchte meinen, es gäbe morgen keine Schnitzel mehr oder die Kartoffelfäule wäre zurückgekehrt.

„Wer hat von meinem Tellerchen gegessen?" hört man die Kinder im Geiste rufen, doch die Antwort lautet immer „Niemand!". Es muss sich vielmehr um einen Urinstinkt aus Zeiten handeln, als wir Menschen uns mit Zottelhaar und schmutzigen Fingern gierig um die besten Teile des dampfenden Auerochsen balgten. (Die auch heute noch dreckigen Hände der Kinder sind ein weiterer Beweis meiner Theorie.)

Natürlich können die Kinder ihre Portionen niemals aufessen. Die alte Regel gilt:

„Da waren deine Augen wohl mal wieder größer als dein Bauch."
Sind Sie weichherzig, werfen Sie das Zeug einfach weg und haben ein schlechtes Gewissen. Haiti, Burundi!

Denken Sie jedoch, Lebensmittel darf man nicht wegwerfen, so essen Sie den Teller ihrer Kinder leer. Das bewirkt nicht nur schönes Wetter am nächsten Tag, sondern macht sofort besonders viel Spaß, wenn die schon ordentlich darin herumgestochert, es zu bräunlichem Matsch verrührt oder vorsorglich eine halbe Flasche Ketchup darüber gekippt haben. Diese Methode ist natürlich Gift für die schlanke Linie. Es sei denn, Sie nehmen sich von vorneherein keine eigene Portion, sondern warten einfach nur auf die Reste. Das funktioniert allerdings nur, wenn Sie nicht zu viele Kinder haben.

Wenn Sie ganz konsequent sind, bestehen Sie darauf, dass Ihre Kinder den Teller leer essen. Wenn nicht jetzt, dann später. Lekker Gemüseauflauf, halb angegessen, ein paar Stunden im Kühlschrank zwischengelagert. Ist zwar toll nach Erziehungslehrbuch gedacht, doch das durchschnittliche Kind umgeht diese billigen

Versuche mit heimlichen Zwischenmahlzeiten bis der Auflauf einen pelzigen Überzug herausbildet und vom Gesundheitsamt beanstandet werden würde oder Sie mal wieder Platz im Kühlschrank benötigen.

Es ist übrigens nicht nur das Essen, was bedauerlicherweise vernichtet wird, auch Getränke fließen hektoliterweise über den Jordan. Unser Sohn zum Beispiel, für den es sich lohnen würde, eine eigene Kuh zu halten, deponiert überall halbvolle Tupperbecher mit Milch, die dann in den Gulli entsorgt werden müssen. Wer mag schon saure Milch. Wenn Sie also mal hören, dass eine halbe Kuh zu verkaufen ist: Rufen Sie uns an!

P.S. Das ganze gilt natürlich nicht für Süßigkeiten. Ist klar, die werden immer vertilgt. Ausnahme: Fertig abgepackte Oster- und Weihnachtstüten. Den Schrott darin mag nun wirklich keiner. Und nach Haiti sollte man die auch nicht schicken, denn wir wollen ja doch wohl keinen Sondermüll in die 3. Welt exportieren.

In Young Choi, KKK

Jeden Tag, zumindest jeden Werktag, sehe ich In Young Choi vor mir. Er sieht verschwitzt aus, leicht kränklich und trägt ein äußert geschmackloses Trikot, bedruckt mit asymmetrischen Vielecken, grellbunt. Choi guckt traurig, vielleicht weil ihm der Kragen die Luft abdrückt, vielleicht weil er ahnt, in der Vorrunde auszuscheiden. Sie wissen immer noch nicht, um wen es geht und Ihnen sind auch Myung Bo Hong, Antonios Minou oder Zlatko Yankov unbekannt?

Dann haben Sie 1994 eine Menge Geld gespart. Ich habe nämlich damals mit meinem Schwager und unseren Jungs Sammelbilder der Fußballweltmeisterschaft gekauft. Sie kennen dass: Nach einiger Zeit übersteigen die doppelten Karten die, die schon im Sammelheft (auch gekauft!) eingeklebt sind. Zum Tauschen findet man auch niemanden und so sammeln sich die Überzähligen an: Ich könnte noch drei Yordan Letchkovs, sieben Fabian Basualdos und das Mittelfeld Griechenlands anbieten. In Young Choi war wohl der Torwart Südkoreas. Jedenfalls klebt er nun an einem Ordner „Zahlungsdifferenzen" in meinem Büro und mahnt mich, nicht nur fällige Rechnungen bei unseren Kunden einzutreiben, sondern auch privat auf mein Geld zu achten. Allerdings erfolglos, wie Ronaldinho mich schadenfroh erinnert. Er grinst mich aus der Schublade fröhlich von einem Stapel Doppelter 2006 an, nicht ahnend, wie die WM für ihn und Brasilien ausgehen würde.

Mit Fußballbildern kann man mir also immer das Geld aus der Tasche ziehen, doch bei mir ist das Kind im Manne wohl auch noch besonders groß. Weniger interessiert bin ich übrigens an anderen Tütchen, die, strategisch ausgefeilt in der Nähe der Kasse, bei Zeitungshändlern, Tankstellen oder Kiosken auf ihren Erwerb warten. Doch hier schlägt dann ersatzweise der Nachwuchs zu. Pokemons, Digimons, Barbie und so weiter. So wandert das Taschengeld zurück in den Wirtschaftskreislauf, während überzählige Bilder überall dort auftauchen, wo man sie später nur mit dem Spachtel, einer Rasierklinge und Lösungsmittel abbekommt. Natürlich nicht ohne den Lack der Tür oder des Schranks dauerhaft zu beschädigen.

Wie gesagt, das Kind im Manne darf sich bei mir ausleben. Anders ist es bei meinen Vorgesetzten, Typ ehrbarer Hamburger Kaufmann. Anzugfarbe Blau, farblich abgestimmt zum Audi A8. Neulich platzte ich in das Büro einer bekannten, aber hier nicht namentlich genannten Führungskraft. Ich hatte geklopft, obwohl ich das nicht soll, einen Moment geschaut und gestanden, die Tür dann vernehmlich geschlossen, mich geräuspert, leicht gehustet und schließlich „Hallo" (fragend, mit langem o) gerufen. Nichts. Keine Reaktion. Ich fühlte mich außen vor. Deplaziert. Als Störer. Die Führungskraft war gerade mit einer anderen Führungskraft ins Gespräch vertieft. Doch es ging nicht um Abläufe, Produkte, Kunden oder gar das Qualitätsmanagement, nein, es ging um Karten. Nicht um welche fürs Musical, den HSV oder Poker, sondern um Visitenkarten.

Vielleicht haben Sie das schon selbst erlebt; für alle anderen sei hier kurz beschrieben, wie sich das Kennenlern-Ritual beim gewöhnlichen Geschäftsmenschen (homo laborensis) abspielt:

Nach dem ersten vorsichtigen Blickkontakt und der gegenseitigen Nennung der Namen wird je nach Stellung im Betrieb oder der Gehaltsstufe in der Sakkotasche nach den losen oder in einem silbernen Etui befindlichen Visitenkarten gesucht. Ohne großen

Kommentar wird die „gegnerische" Karte kurz gemustert und mit der eigenen verglichen, was entweder Neid oder Mitleid hervorruft. Falls es sich um eine Besprechung handelt, werden die Karten offen auf den Tisch gelegt. Ob das gleich lautende Sprichwort daher stammt, wäre vielleicht einmal von Hugo Egon Balder in seiner anspruchsvoll-informativen Samstagabend-Show „Genial daneben" zu klären. Doch ich schweife mal wieder ab. Durch das Ablegen der Karten vor sich entgeht man der Gefahr peinlicher Verwechslungen und braucht sich auch nicht die Namen von Leuten zu merken, die man hoffentlich nie wieder sieht. In größeren Runden sieht das dann wie ein Null Ouvert beim Skat aus. Da bleibt kaum noch Platz für die Kaffeetassen und die Keksmischung (je nach Wichtigkeit des Besuchs mit Schokolade oder ohne)!

Und danach? Nicht immer verschwinden die Karten im Kinderzimmer der lieben Kleinen zuhause oder der Guinness-Buch-würdigen Sammlung eines schwer kranken Kindes aus Bogota (Schicken Sie sofort mindesten drei Visitenkarten an den kleinen José und dieses Email an vier Freunde, sonst werden sie fünf Jahre Pech haben). Zumeist werden sie in einen Ordner abgelegt, der - auch hier - je nach Gehaltsstufe entweder in Plaste oder das Wangenleder australischer Wild-Emus gebunden ist.

Und dann geht es los. Die armen Manager. Müssen immer ernst und wichtig sein, dürfen keine Steine über den Werkshof treten oder in der Frühstückspause die BILD lesen. Keine geflickte Jeans mit Holzfällerhemd. Anzug, Krawatte und das Handelsblatt. Einmal wieder Kind sein. Keine Verantwortung mehr tragen und das Leben genießen. Und hier zeigt sich die wahre Bedeutung der Visitenkarte. Sie ist Tauschobjekt, ganz so wie die YU-GI-OH-Karten bei den Kindern oder WM-Sammelbildchen. Was fünf Ronaldos gegen zwei Ballacks oder drei Menschenfresserkäfer gegen einen Blue Eyes Toon Dragon auf dem Schulhof sind, wird hinter den verschlossen Türen der Chefs mit genau der gleichen unbeschwerten Freude praktiziert und führt sie für eine kurze Zeit zurück in die herrliche Kinderzeit.

„Hast du eine von unserem Geschäftsführer? Dann gebe ich dir zwei vom Verkaufsleiter!"

„Meine letzten beiden Geschäftsführer habe ich gegen einen Bereichsleiter eingetauscht. Ich habe hier aber noch zwei vom Finanzvorstand!"
„Klasse, dafür gebe ich dir zwei Controller, einen Einkaufsleiter und zwanzig von meiner Sekretärin".
„Von welcher?"
„Der alten. Aber nur die Ausgabe bevor wir verkauft wurden. Für die junge musst du schon einen Vorstandsvorsitzenden abdrükken."
„Gebongt."

Sehen Sie, und deshalb klopfe ich jetzt wieder an. Oder bringe meine Sammlung Visitenkarten mit: Gelis Brummistop, Esso-Station Vrebac oder Julchen Hoppe (deftige deutsche Küche im Berliner Nikolaiviertel). Vielleicht lassen sie mich dann mittauschen. Und ich gehöre endlich dazu. Wie zuhause, wenn ich mit meinen Kindern Kahn gegen Figo, Beckham gegen Zidane und Friedrich gegen Friedrich tausche. Oder gegen In Young Choi, den kränkelnden Keeper Koreas.

Urlaubsreif

Sie sind mit sich und der Alltagssituation ganz zufrieden. Nine to five ohne Probleme und das bisschen Haushalt schafft sich von allein? Sie bräuchten eigentlich gar keinen Urlaub? Pech, die leidigen Schulferien werden Sie aus der Bahn werfen.
Mit Kindern in den Urlaub ist ja an sich schon eine feine Sache. Wie sich unsere Kleinen immer wieder darauf freuen, durch Kirchen, Museen und Schlösser zu wandern, anstatt im Meer zu baden oder im Freizeitpark Achterbahn zu fahren, ist wunderbar mit anzusehen. Achten Sie nur in katholischen Kirchen darauf, dass Ihr Nachwuchs das Weihwasser nicht zum Trinken oder Waschen verwendet. Waschen natürlich nicht im Sinne von Reinigung, sondern von Erfrischung, ist klar.
Ein echter Vorgenuss ist schon der Start der Reise, vom Packen über das Beladen des Fahrzeugs bis zum Einsteigen und der Fahrt selbst. Okay, werden Sie sagen, ein bisschen Masochismus ist erlaubt.

Nachdem Sie Ihren Kindern eingeschärft haben, dass Sie nur das nötigste an Spielzeug oder Büchern in eine kleine Tasche stopfen sollen, stolpern sie kurz darauf über Umzugskartons mit lebenswichtigen Dingen für die Reise: Ein überlebensgroßer Teddybär, 5 Barbiepuppen plus Wohnmobil, die komplette Stereoanlage, das Golfset, das Fragezeichen, eine komplette Hochseeangelausrüstung (obwohl es auf die Berghütte in den Dolomiten geht), eine vollständige Sammlung aller deutschen Kronkorken seit 1949 etc. Das Nötigste eben. Oder Sie wollen, sagen wir mal, nach Griechenland. Nachdem Sie dann aus der Tasche mit Kleidung – Mama, die packe ich selbst – alle Daunenjacken, Skistiefel und warmen Unterhosen herausgesucht haben, geht es an das Packen des Autos. Das ist reine Männersache und insofern nicht weiter zu kommentieren.

Interessant wird es erst wieder kurz vor Fahrtantritt.

„Schatz, ich habe noch was vergessen", bemerkt die Ehefrau und stellt kurz 4 Schuhbeutel, drei Hartschalenkoffer und einen Pappkarton mit rohen Eiern an die Tür.

Dann geht es richtig los. Die Kinder kommen. Sind es mehrere, entbrennt eine hitzige Diskussion um die besten Plätze, gern mit Schlagen, Beißen oder Treten, auf jeden Fall mit Tränen und Lärm. Der Nachbar freut sich, Ihnen bei ihrer Abreise um halb vier morgens zuhören zu dürfen. Nur nicht, dass Sie denken, mit Ihrem Machtwort die Plätze betreffend, ist die Sache gegessen: Dann wird gestritten, wer welchen Kindersitz nehmen darf, wer ohne Sitz sitzt, wie oft man den Platz wechselt, wer den nächsten Platz bestimmen darf, wann das sein wird. Das Vermögen der Kinder, Konflikte zu erkennen und offen auszutragen, kennt keine Grenzen. Eine Reise inspiriert! Eins ist jedenfalls klar: Wenn Sie es bisher noch nicht waren, nun sind Sie endgültig urlaubsreif.

Fehlt nur noch das Tüpfelchen auf dem ü: nach drei Kilometern der für zwei Tage angesetzten Fahrt kommt die Frage: „Und wann sind wir da?"

Wieso ü, das hat doch zwei Tüpfelchen? Natürlich, das zweite sind die vergessenen Ausweise, den nicht eingepackten Fön oder das fehlende Kinderbett, welches Sie nach 50 Kilometern zur Umkehr zwingt.

Fundbüro

Man kennt das ja von Socken und Strümpfen. Einer verschwindet in der Waschmaschine oder sonst wo und der andere wartet, aprilfrisch gereinigt, vergeblich auf die Rückkehr seines Zwillings in einem Karton, Korb oder, bei größeren Familien, einem extra angemieteten Lagerhaus, vereint mit anderen Leidensgenossen. Ein buntes Potpourri aus Mustern, Größen, Modellen. Oder denken Sie an den Klassiker, den Handschuh. Oft sieht man einen davon liegen, aus hochwertigem Boxcalfleder, platt gefahren und verschmutzt auf der Straße und man denkt sich: Ärgerlich, da kann jetzt jemand den anderen wegwerfen. Noch ärgerlicher, aber sicher wie das Amen in der Kirche, ist es für den Verlierer dann natürlich, wenn der verloren geglaubte Handschuh danach wieder auftaucht und somit Waise ist.

Früher gingen bei uns immer Schnuller verloren. Wir allein dürften die einschlägigen Hersteller wie MAM, Chicco oder Milupa am Leben und damit Dutzende Arbeitsplätze erhalten haben. Wie viele wir dieser, sprachlich korrekt, Beruhigungssauger auch an strategisch wichtigen Orten platziert hatten, nach einiger Zeit waren sie weg. Aufgelöst ins Nichts. Selten taucht Jahre später mal wieder einer auf, schon halb zerbröselt, und wird von der neuen Generation Kind bewundert wie der erste Quastenflosser 1938 vor Afrika. Und dabei brauchte unser Nachwuchs zeitweise drei Stück gleichzeitig: Einer rotierte im Mund, einer in der linken Hand und der dritte diente als Ersatz in der Tasche.

Später, wenn die Kinder älter und vernünftig werden, lernen sie, den Wert von Sachen zu respektieren und unterstützen ihre Eltern mit Ordnung und sorgfältigem Umgang. Dann verlieren sie keine Schnuller mehr, dann verlieren sie Fahrradlampen. Wieso ich gerade Fahrradlampen erwähne? Weil es außer Schnullern, Strümpfen, Handbällen, Besteck, Kassettenhüllen, Spielfiguren, Pik-Buben, Würfeln, Mützen, Turnschuhen, Filzstiften, Papas Werkzeug, Mamas Schminkutensilien, Schals, Schultaschen, Englisch-Büchern, Zahnbürsten, Einwegfeuerzeugen, Taschenmessern bei uns nichts gibt, was so häufig verschwindet wie die Beleuchtung am Fahrrad. Früher hatte man einen Dynamo und einen Vater, der die Beleuchtung am Rad in Stand gehalten hat und den blöden Draht wieder einfriemelte oder die Birne austauschte. Heute habe ich dazu keine Lust mehr und außerdem ist es damit nicht getan, da eine Beleuchtungsanlage den Kauf des Rades ungefähr drei Tage überlebt (das ist die Spanne zwischen dem Erwerb durch Oma und Opa und der Übergabe am Geburtstag). Ab dann wird das Rad trotz gegenteiliger Beteuerungen (siehe Haustiere) so schlecht wie möglich behandelt, umgeworfen, im Regen stehen gelassen oder sogar benutzt, und dabei stören die exponiert angebrachten Lampen einfach nur. Außerdem ist es sowieso viel cooler, ohne Licht durch die regnerische Nacht zu fahren, natürlich chic in Schwarz gekleidet.

Da ich mich als Autofahrer aber immer über die dunklen Radler ärgere, die plötzlich im regnerischen Scheinwerferkegel auftauchen, ehe sie einem wütend hinterher gestikulieren (als wäre die Straße nur für sie gemacht), weil ich mich also ärgere, bekommen die eigenen Kinder eben Batterie betriebene Leuchten. Die muss ich dann natürlich auch noch selbst anschrauben. Die Kinder können zwar in zehn Metern Höhe, auf schwankendem Ast aus Sperrholz, Klebeband und drei Zentnern Spax-Schrauben und Nägeln ein passables Baumhaus zimmern; die Halterung für die Lampe kriegen sie aber partout nicht an den Lenker. Anschließend wird den Belehrungen artig zugehört, dass sie die Lampe nie am unbeaufsichtigten Rad lassen dürfen – und morgen eröffnen sie nach der Schule, dass jemand die neue Beleuchtung geklaut hat. Sie hätten nur einmal nicht hingeguckt: So von der ersten bis zur siebten Stunde!

Letztlich sei noch angemerkt, dass die am Anfang beschriebene Analogie zum Verlust von Strümpfen oder Handschuhen nicht so weit hergeholt ist, wie man glauben möchte: Meistens kauft man die Lampen für vorn und hinten im Set, weil es so günstiger ist - und fast immer verschwindet das vordere Licht. Sollten Sie also mal auf der Suche nach einem roten Diodenrückstrahler sein: Schauen Sie vorbei, wir haben einen 20-Fuß-Container davon herumstehen.

Von der Wartburg zu Andy Warhol

Bei uns auf dem Sofa fühlt man sich der Theologie verbunden. Das liegt nicht an einem großen Holzkruzifix, von dem ein leidender Christus auf das andere Heiligtum, den Fernseher, blickt, gemartert von RTLII oder 9Live. Auch kommt es nicht von der Stilleecke, die aus dem einen Drittel unseres Hochzeitgeschenks einer Tante meiner Frau besteht, nämlich einer kleinen Ikone, die garantiert echt und von einem fahrenden Händler höchstselbst im Danilow-Kloster in Moskau erworben worden ist. Die anderen Teile waren übrigens Wäscheklammern und ein Set Putzlappen. Die Frau ist nicht dumm, hat aber bei mir weder das eine noch das andere bewirkt: Putzen muss meine Frau und aus der Kirche bin ich ausgetreten!

Nein, man muss bei uns auf dem Sofa unwillkürlich an Martin Luther denken. Ein großer Tintenfleck ziert es und auch wenn unsere Erstgeborene damals noch nicht sprechen konnte, vermuten einige, dass sie nicht aus Wut über verweigerte Bonbons das Tintenfass – königsblau von Pelikan – auf das bis dato dreifarbige Sitzmöbel pfefferte, sondern den Leibhaftigen aus unserem Wohnzimmer vertreiben wollte.

Dagegen sagt Andy Warhol, dass sie nur einfach mal ein Künstler sein wollte, und tatsächlich scheint an dieser Theorie etwas dran zu sein, denn auch ihre jüngeren Geschwister haben sich mehrfach nachhaltig künstlerisch ausgedrückt. Dabei spreche ich hier nicht von banalen Werken, die wir wie jedermann natürlich auch zu bieten haben: Buntstiftkrakeleien an der Raufaser, Hammerabdrücke auf dem Parkett oder Schnittmuster in den Gardinen.

Exemplarisch sei hier die Großinstallation „Ehemals weiße Wand" erwähnt, bei der unsere frisch gestrichene Nordfassade mittels irgendwo vor dem Reinigen abgelegter Farbrollen flächig – in die Breite und in Griffhöhe – mit geometrischen Mustern in Blau, Grün und Rot umgestaltet wurde.

Unser Keller, optisch kein Schmuckstück und höchstens zur Champignonzucht geeignet oder als Zuchtstation für Schimmelsporen, bietet einzigartige Bodenfresken aus dem Frühwerk unserer Jüngsten. Sie entdeckte, dass man auf den dort frostsicher abgestellten Farbeimern wunderbar wippen konnte. Danach, als die Deckel aufgegangen waren und der Inhalt sich über den Boden ergossen hatte, boten sich ungeahnte Ausdrucksmöglichkeiten mit hell leuchtenden Fußabdrücken sternförmig in alle Kellerräume und bis hoch auf den Flur, um Wege aus dem Dunkel oder sonst irgendwas zu symbolisieren.

Die Kleinste scheint überhaupt die Kreativste zu sein: Viel beachtet sind auch ihre Versuche mit orangefarbenem Nagellack, der - das gebe ich zu - mir an den Fingernägeln ihrer Schwester auch nicht besser gefallen hätte. Er findet sich nun gleichmäßig verteilt als Silhouette eines mittelamerikanischen Kleinstaates auf der Tagesdecke unseres Ehebettes und den Leitzordnern „Auto", „Bank", „Rechnungen" sowie „Zeugnisse" im Regal neben dem Bett. Erstaunlich ist die Fläche, die mit einer kleinen Ration Lack zu gestalten ist, denn mit dem Koffer, den ich auf Geschäftsreisen benutze, werde ich ihre künstlerische Botschaft noch lange in die Welt tragen.

Übrigens kommt auch die Dichtkunst bei uns nicht zu kurz. So hat sich doch jemand, wahrscheinlich auf einer langweiligen Urlaubsfahrt, poetisch versucht und auf die Kunstlederverkleidung unseres Autos seine Gedanken für die Nachwelt mit Kugelschreiber hinterlassen: Autofahren ist Scheiße! So deutlich kann Kunst sein.

Vom Jog und anderen ings

Früher, als ich noch kleiner war – eigentlich bin ich jetzt auch nicht viel größer – bin ich mit meinem Vater und Nachbarn immer in unserem Volkspark gewesen. Dort gab es einen Trimm-Dich-Parcours. Auf Schildern machte ein Mann im Feinripp-Schießer-Unterhemd Klimmzüge, stemmte Rundhölzer oder flankte über einen Baumstamm. Heute hieße das wahrscheinlich klimming, wood lifting und flänking und wäre eine Trendsportart, weil der Fitnesstrainer von Verena Feldbusch oder Dieter Bohlen es so sagt. Ich glaube, später entwickelte sich daraus tatsächlich etwas, das Trimming 130 hieß. Hätte man da bloß den Anfängen gewehrt! Ich erinnere mich jedenfalls an ein entsprechendes Handtuch und ein kleines Männchen mit schwarzen Haaren, das den Daumen aufmunternd in die Höhe reckt.

Früher habe ich versucht, mit Waldlauf meine Größe dem Gewicht anzupassen. Dagegen stand mein Lieblings-Ing: der Pudding. Ich bin durchs Laufen einfach nicht gewachsen. Nennen Sie mich den Oskar Matzerath der Leichtathletik! Heute sagt man Jogging, tut aber dasselbe wie früher. Man kann auch auf dem Hometrainer Radfahren. Das heißt aber dann spinning. Machen Sie es draußen, nennt man es biking. Bleiben Sie lieber daheim im Garten und schauen den Pflanzen beim Wachsen zu, betreiben Sie gardening.

Ich empfehle, wie gesagt, Jogging. Man kann dabei z.B. den Vögeln lauschen. Es gibt inzwischen prima Vogelstimmen-CDs für den unvermeidlichen Discman. Die sind deutlich vielseitiger als die Originale und man erfährt wenigstens, wer da piept. Oder genießen Sie die frische Luft an der Ausfallstrasse - mein Lieblingsduft ist zur Zeit Vespa 50. Es geht nichts über das tiefe, erschöpfte Luftholen hinter einem würzigen Zweitakter. Knüpfen Sie liebevolle Bekanntschaft mit sabbernden irischen Wolfshunden und lassen Sie sich von Herrchen oder Frauchen über das richtige Verhalten im Wald belehren: „Was rennen sie denn auch so. Sie erschrecken ja das arme Tier".

Laufen Sie aber nie mit Ihren Kindern. Das ist zu frustrierend. Man schnaubt selbst wie eine Dampflok, während die völlig untrainierten Kleinen lustig nach jedem Zweiglein hüpfen, immer mal wieder sprinten und scheinbar ohne zusätzlichen Sauerstoffbedarf rennen und rennen und rennen und reden und reden und reden. „Papa, laufen wir die lange Strecke? Wer erster am Baum da hinten ist. Spielen wir noch gleich Fussi?" Ich möchte nur noch in die Wanne zu meinem Entspannungsbad und der Junge tauscht die Laufschuhe gegen Fußballbuffer! Und dabei sind seine Schuhe simple Freizeittreter aus dem Billigladen, während meine Laufschuhe von der NASA aus superleichten Raumfahrtprodukten entwickelt und über Jahre von kenianischen Weltmeistern getestet worden sind.

Wenn sie allein unterwegs sein möchten, können sie auch „walken". Insbesondere Nordic Walking ist diese immer mehr Anhängerinnen findende, merkwürdig anmutende Mischung aus preußischem Stechschritt, japanischem Geisha-Getrippel und finnischem Skilanglauf. Es führt zu einer durchtrainierten Po-Muskulatur, kräftigen Oberarmen und wird nie von Männern oder Kindern ausgeübt. Nur ausgewachsene Frauen haben diese einzigartige Eigenschaft eines partiellen Selbstbewusstseins. Stundenlang zweifelnd vor dem Badezimmerspiegel. Passt der Lippenstift zum Kleid? Kann ich diese Schuhe zum Rock tragen oder hat die beste Freundin womöglich die gleichen und sieht darin viel besser aus? Aber im Joggingdress stört es sie überhaupt nicht, unter den Augen von Spaziergängern, Radfahrern oder kiffenden Jugendlichen mit angewinkelten Armen und Trippelschritten in Trommel-Stakkato über Stock und Stein zu eilen, pardon, zu walken.

Kinder können das schon allein deshalb nicht, weil sie immer schnell von Ort zu Ort wollen. Die müssen immer rennen. So wie sie nie mit normaler Lautstärke reden können, sondern ständig schreien. Als ob alle taub wären. Die Laut-Leise-Taste ist an unseren Fernbedienungen der Fernseher immer als erste defekt. Die Kinder stört das nicht. „Kaufen wir eben einen neue. Kommst du mit zum Shopping?" „Nö", antworte ich dann, „keine Lust. Muß chillen." Ich bleibe zu Hause und mache homeing."

Müllwagen

Ich verstehe einfach nicht, wie mein Schwager das schafft. Sein Auto sieht immer Tip-Top aus, obwohl er eigene Kinder hat und er auch seine Nichten und Neffen mitfahren lässt. Und unser Nachwuchs ist auch nicht schlechter erzogen als seine Rotzlöffel. Ich vermute, er kauft immer heimlich neu. Das Auto von uns dagegen wird wohl demnächst von der Umweltbehörde gesperrt. Schon jetzt warnen Schilder vor dem Betreten. „Achtung Lawinengefahr. Bücher, Brote, Bälle!" Manchmal versuchen wir, den werksseitigen Urzustand durch stundenlanges Aufräumen und Desinfizieren nachzuempfinden. Das gelingt mehr schlecht als recht und auf jeden Fall sieht der Wagen nach 5 Minuten Fahrt wieder aus wie vor dem Großreinemachen. Auch wenn man den Kindern nichts zum essen, trinken oder spielen gegeben hat. Wahrscheinlich haben sie kleine Depots in den Ritzen der Sitze angelegt. Wir haben uns bereits überlegt, ob Fesseln etwas bringen könnte.

Aufgrund von gefährlichen und hochexplosiven Emissionen aus den Fäulnisprozessen sich zersetzender Bonbons, Brötchen, Äpfel, Bananenschalen, Brotkanten, Kaugummis und Lollis, müssen wir vor Fahrtantritt Warntafeln setzen, eine Augenspülflasche mitführen sowie Handschuhe aus Gummi und eine leichte Schutzkleidung anlegen. Es gilt selbstverständlich Rauchverbot. Die Öffentlichkeit wird ständig über die Gefahren informiert und darauf hingewiesen, sich auf der dem Wind zugewandten Seite aufzuhalten. Wie wichtig das ist, zeigte der letzte Versuch, mehrere unter dem Beifahrersitz gefundene Apfelschorle-flaschen zu öffnen. Die Explosion vernichtete zwei nagelneue T-Shirts von H&M und sprenkelte den Wagenhimmel in Pipi-Gelb. Vom Geruch erlitt meine Frau eine leichte Alkoholvergiftung, die sie - wenigstens nur ambulant - auskurieren konnte.

Anders als bei öffentlichen Hundetoiletten, bei denen man sicher sein kann, dass dort garantiert kein Hundekot herumliegt, sondern nur auf den umliegenden Liegewiesen und Kinderspielplätzen, sind auch die für den Unrat im Auto vorgesehenen Aschenbecher ausreichend gut genutzt. Allerdings kann der Inhalt nur bergmännisch abgebaut werden. Wenn die Spitzhacke versagt und bei Schimmel hilft allerdings nur die chemische Keule. Oder ab zum Ersatzteilehandel.

Unsere Polster waren mal grau-blau gemustert. Das hatte uns der Verkäufer wärmstens empfohlen. „Da sieht man nicht jeden Dreck.“

Jeden nicht. Unseren schon. Vielleicht meinte er auch damit die unteren Schichten, die natürlich durch jede weitere Fahrt überdeckt werden. Sollte ein Kraftwagen-Archäologe in grauer Zukunft die Sitze Schicht für Schicht untersuchen, wird er erstaunliche Entdeckungen über die Ernährungsgewohnheiten deutscher Reisenomaden des frühen 21. Jahrhunderts machen können. Viel Zucker, wenig Ballaststoffe. Ab und zu ionische Tenside, die ihre Reinigungskraft aber nie entfalten konnten. Neulich habe ich mit Polsterschaum versucht, die Erinnerung an die Originalfarbe der Sitze zu erneuern. Außer zum verschmierten Fenster herausgeworfene 9.90 Euro und einem Fleck auf meiner Hose, der auch mit Ariel nicht mehr herausging, hat das nichts gebracht. Stattdessen musste ich in den Kaufunterlagen nachsehen. Der Bezug nannte sich Jacquard.

Nach anfänglichen psychodynamisch-analytischen und grundsätzlichen ethisch-moralischen Überlegungen sprechen Bekannte hinter vorgehaltener Hand bereits über die Sinn- und Zweckhaftigkeit einer psychiatrischen Intervention und die Aussichtslosigkeit therapeutischer Maßnahmen bei einem derart schweren Fall des Vermüllungssyndroms, wie sie ihn bei uns für vorliegend betrachten. Zumindest werden wir den Wagen zukünftig gegen Entgelt besichtigen lassen und haben ihn nach seiner Verschrottung der Deutschen Gesellschaft für soziale Psychiatrie versprochen. Die Polster erhält die Universität Brüssel zur Entwicklung wirksamer und umweltverträglicher Reinigungs-Detergen-tien auf Basis von Zeolith, Lavendelwasser und rechtsdrehender Milchsäuren.

Die Kinder gehen erstaunlich gelassen mit dem Dreck um. Wozu gibt es Regenanzüge? Die halten viel ab und die Unordnung ist kuschelig. Sieht auch ein wenig aus wie im Kinderzimmer. Der Ältesten wird das allerdings, wenn z.B. Freunde mitgenommen werden sollen, doch schon manchmal peinlich und sie zieht Konsequenzen. Intelligentes Mädchen. Sie besteht auf einem anderen Auto. Möglichst neu. Oder was haben Sie gedacht? Dass sie selbst aufräumt? Keine Spur, da fragt sie lieber ihren Onkel, ob der sie mitnehmen kann.

Danke, John

Ab und zu nehme ich gern mal ein Kaugummi. Sieht cool aus, betont den markigen Kiefer und schmeckt ungefähr zwei Minuten lang. Wenn man nicht kaut, sondern lutscht. Eine gewisse Zeit hatte ich immer Kaugummis in meiner Tasche und nach der Arbeit kamen meine Kinder und baten mich um eins. Das war ein schönes Begrüßungsritual. Ich tat immer so, als wenn ich keines hätte, sie taten enttäuscht und natürlich zauberte ich eine Packung hervor. Nach einiger Zeit gingen sie dazu über, auf die Begrüßung zu verzichten, sondern forderten nur noch ihr Kaugummi ein. Schließlich bedienten sie sich selbst. Immerhin warfen sie das Papier nicht nur irgendwo auf den Boden, sondern verstecken es auch manchmal in meiner Tasche. Schlimmer fand ich aber die Entsorgung des ausgekauten Kaugummis. Früher haben wir über Tage an einem gekaut, nachts wurde es in Saft wieder aufgeladen und auch der Tausch mit der Freundin oder dem Freund war weniger eklig als vielmehr ein Beweis der Zuneigung. So eine Art Blutbrüderschaft mit Gummi. Heute wird weggeworfen und neu genommen. Ex und Hopp. Und Hopp heißt dort, wo der Entsorgungsfall eintritt. Und das ist nie im Mülleimer, sondern im Kinderzimmer, im Auto, auf der Toilette oder im Garten. Das ist immer da, wo man drauf tritt, sich hineinsetzen kann oder Mädchen ihre Haare haben. Nur selten an sinnvollen Orten, wie z.B. als flexibler Türstopper auf dem Küchenboden oder variabler Aufhänger im Badelaken. Ich fing an, einen gewissen John Curtis zu hassen.

Ab und zu versuchte ich an Gebissspuren den Verursacher zu ermitteln, doch das war schwierig, bis ich auf eine List verfiel und aus der Not der angeborenen oder erschnullerten Zahnfehlstellungen eine Tugend machte. Für die dafür erforderlichen Gebissabdrücke der Kinder ging ich einen Pakt mit dem Kiefernchirurg ein. Die kleinen Naivlinge haben immer geglaubt, diese leicht gruselig-kalkigen Zahnschiefstellungen hätten etwas mit ihren teuren Zahnklammern zu tun. Weit gefehlt!

Auch bei der Beurteilung durch die Form des Kaugummi-Restes komme ich langsam weiter. Mädchen kauen Gebilde mit weichen Formen, vom Gaumen modellierte Fische oder Ufos. Der Sohn formt dicke Klumpen mit Kanten und Ecken. Vielleicht gebe ich ein Büchlein heraus: „Kaugummiformen deuten leicht gemacht". Wie beim Bleigießen an Silvester.

Schwierig wird es allerdings bei Kaugummis, die in die hinterste Ecke des Aschenbechers gedrückt wurden oder im Angora-Pullover der Ehefrau lauern.

Wer das Kaugummi in seinem entsorgten Zustand als Kunstform betrachtet, dem rate ich zu einem Besuch in Belgien. Allerdings nur in der Nachsaison. An dortigen Strandpromenaden bilden ausgespuckte, gehärtete und breitgetretene Kaugummis ein avantgardistisches Muster mit hohem künstlerischen Wert, welches jedes Jahr in einer Art völkerverbindendem Gemeinschaftswerk von Touristen aus aller Welt neu gestaltet wird. Vor der Saison brennt die Kurverwaltung alles mit Flammenwerfern ab und schafft eine neue Leinwand für die unbekannten Künstler. Noch traue ich mich nicht, diese Technik auf unserem Parkett oder in den Zöpfen der Töchter anzuwenden. Die Kinder arbeiten aber mit Hochdruck daran, mir diese Entscheidung leichter zu machen. Letzte Nacht schlief ich auf einem Kaugummi mit extra viel Geschmack. Himbeer-Vanille. Es war immerhin zuckerfrei, dafür prima farbecht und ging fast aus meinem Schlafanzug raus. Scheren sind eine klasse Erfindung.

Und wer ist nun John Curtis? Der Bruder von Tony Curtis? Und was hat er mit meinen Problemen zu tun?

Der Mann fuhr zur See und hat angeblich 1848 das künstliche Kaugummi mit Geschmack erfunden und es in der Welt populär gemacht hat. Danke, John.

Tubenventilationsstörung in der Ohrtrompete

Wie Sie wissen, ist bei der chronischen Tubenventilationsstörung die Ohrtrompete, über die normalerweise der Druckausgleich zwischen dem Mittelohr und der Außenwelt erfolgt, ständig verschlossen. Das führt zu einer andauernden sowie einer wechselnden Schwerhörigkeit. Besonders bei Kindern kann sich so Flüssigkeit im Mittelohr ansammeln, man spricht dann vom Sero- oder Mukotympanon, welche eine bereits bestehende Schwerhörigkeit noch verstärken. Heilt die Erkrankung nicht aus, kommt es zu Veränderungen der Mittelohrschleimhaut (Tympanosklerose) und einer hochgradigen Schwerhörigkeit.

So weit bekannt. Das hört sich eklig an, doch auch andere Erklärungen für Schwerhörigkeit wie Ohrenschmalz oder Otosklerose klingen auch nicht schöner und ich hoffe mal, dass der Grund für mangelnde Reaktionen auf Bitten oder Befehle bei unseren Kindern weniger medizinisch begründet ist, sondern es sich eher so verhält wie bei meinem Opa, der auch nie hörte, wenn meine Oma ihn um etwas bat. Ansonsten konnte er aber prima telefonieren und noch besser in Zimmerlautstärke Fernsehen „hören".

Bei den Kindern verhält es sich etwas anders. Zwar können sie auch nicht hören, was wir ihnen zum den Themen Aufräumen, Hausaufgaben oder Zähneputzen sagen, doch sind sie immerhin konsequent und betreiben Fernseher, Kassettenrecorder oder CD-Player in einer Lautstärke irgendwo zwischen startendem Airbus und der Harley unseres Nachbarn. Zu denken gibt uns allerdings die Tatsache, dass sie sofort aus irgendwelchen hinter Winkeln unseres Hauses hervor gekrochen kommen, wenn eine Chipstüte raschelt, sich der Deckel einer Colaflasche dreht oder die elterlichen Finger nur leicht die Fernbedienung des Fernsehers berühren. In solchen Fällen muss das leiseste Geräusch wie eine Ohrtrompete klingen.

Geschmacksrichtung Erdbeere

Manche Menschen behaupten, der größte Nachteil von kleinen Kindern sei die Tatsache, dass die Eltern kaum noch Sex haben könnten und daran die Ehe leiden würde. Das ist Quatsch! Wenn man große Kinder hat, ist das viel problematischer...

Die Eltern sind ein wenig wie ein neu entdeckter Indianerstamm im Amazonasgebiet. Und die Kinder sind die neugierigen Entdeckungsreisenden. Wissenschaftler, die genau wissen wollen, was onanieren ist oder ob Sie beim Sex schreien. Ein Alexander von Humboldt, der sich fragt, wieso die Luftballons nach Erdbeere schmecken und wozu Sie Handschellen besitzen, obwohl niemand bei der Polizei arbeitet. Alles wird durchleuchtet, ausgewertet und im Kopf gespeichert. Und gern mal bei passender Gelegenheit erzählt, im Kindergarten etwa oder auf dem Schulhof.

Sie sind, immer noch, auch nach 12 oder 18 Ehejahren, also im vorgerückten Alter, verrückt nach Ihrer Frau, und dies, obwohl Ihnen Frauenzeitungen und Lifestyle-Hochglanzgazetten schon seit Jahren einzureden versuchen, dass mit der Zeit der Zauber und die Lust aufeinander verloren geht? Macht Ihr Mann Sie, obwohl der Sixpack ein Onepack ist und er Adiletten trägt, immer noch scharf? Dann haben Sie manchmal ein Problem. Mal kurz so knutschen und heiß fummeln zwischen Treppe und Tür ist schön – ich gebe zu, für den Mann vielleicht noch aufregender als für die Frau – jedenfalls ist es nicht so richtig locker, wenn die Gefahr allgegenwärtig ist, das eines der Kinder interessiert um die Ecke lugt und fragt, was die Hand von Papa da bei Mama unter dem Rock macht und ob einer Lust hätte, Playmobil zu spielen.

Haben Sie kleine Kinder, sehr kleine, dürfen die vielleicht noch interessiert zugucken, weil Sie denken, das versteht der kleine Wurm sowieso nicht. Obwohl niemand weiß, was das Unterbewusstsein eines dreimonatigen Babys alles aufnehmen kann. Sind deshalb Kinderpsychologen heute so ausgelastet? Und vielleicht kann ich mir darum meine Eltern nicht beim Sex vorstellen?

Wenn Sie kleine Kinder haben, die ausnahmsweise einmal bei Ihnen schlafen dürfen, stören andere Dinge ihre Konzentration. Auch wenn Sie noch so scharf auf Ihre Frau sind: Der schöne, unvergleichliche und immer wieder herbeigesehnte Moment steht also bevor, im Film starten wahlweise gleich Raketen oder Feuerwerke, da lässt die kleine Tochter eine Kaskade wohldosierter Pupse in aufsteigender Lautstärke ab, schmatzt erfreut und drückt die Nase wieder ins Kissen. Vielleicht ließ sich der Raketenstart nicht mehr verhindern, aber beim Feuerwerk lacht man nicht, sondern genießt mit offenem Mund und deshalb wird es einfach nicht so sein wie erhofft.

Das Sprichwort „Kleine Kinder kleine Sorgen, große Kinder große Sorgen" stimmt auch beim Thema Sex. Denn mit der Möglichkeit aus dem Bettchen zu krabbeln, zu laufen oder Türen zu öffnen, müssen sie als Eltern immer vorsichtiger und erfinderischer werden. Oder Oma und Opa als Babysitter engagieren und ins Hotel fahren. Denn Sie glauben ja gar nicht, wie vorsichtig und leise Ihr Kind durch die Wohnung schleichen kann. Dasselbe Kind, das tagsüber, wenn Sie mal etwas Ruhe haben wollen, nur auf den Hacken oder in Holzschuhen über die Dielen lärmen kann, ständig vor sich hin brabbelt oder mit Stöcken oder Löffeln gegen Herd, Schränke oder Geländer haut. Sie sind, ganz traditionell im Bett, miteinander beschäftig und plötzlich fragt eine Stimme hinter Ihnen: „Sext ihr? Tut dir was weh, Papi?"
Sein Sie versichert, fortan lauschen Sie nach jedem Geräusch. Klappt eine Tür? Schnell unter die Decke. Geht das Licht im Flur an? Da müssen Antworten parat sein. Nicht drucksen, sondern forsch erklären, dass Mama oder Papa wegen starker Rückenschmerzen massiert werden muss.
Je älter die Kinder werden, desto mehr achten sie auf Kleinigkeiten. Indizien, dass bei ihren Eltern heute wieder einer dieser Tage ist: Eine geschlossene Schlafzimmertür, die Anordnung, heute Abend nicht mehr aus dem Kinderzimmer zu kommen, frische Kondome im Geheimversteck. Wissende Blicke, kleine Spitzen. Die nötige Nachhilfe bietet jeder Privatsender im Fernsehen. Es ist manchmal hart, von den Kindern durchschaut zu werden.
Nicht dass Sie mich falsch verstehen. Kinder sollen schon vor der eigenen Ehe erfahren, dass nicht der Storch die Kinder bringt. Trotzdem halte ich es für moralisch vertretbar, auch ein paar Geheimnisse vor den Kindern zu haben. Und sei es die Geschmacksrichtung der Kondome.

P.S. Aktueller Nachtrag eines Dialogs mit der jüngsten Tochter, der nicht nur die Herausforderungen bei der praktischen Umsetzung der Lust zeigt, sondern einem die alte Lebensweisheit „Jünger werden wir alle nicht" vor Augen hält:

„Darf ich bei Euch schlafen?"
„Nein."
„Warum nicht?"
„Weil Mama und ich auch mal allein schlafen möchten."
„Nö, weil ihr bestimmt sexen wollt."
„Ja, vielleicht."
„Warum sext ihr in eurem Alter noch?"

Tiger Woods für Arme

Wenn ein Kind einen Minigolfplatz erspäht, reagiert es ungefähr so, als entdecke es die obligatorischen Überraschungseier im Kassenbereich des Supermarkts. Die will ich haben, da muss ich hin! Und ehe Sie es sich versehen, hat Ihnen ein muffiger Mann aus einer dunklen Luke einen Zettelhalter aus grünem Kunstleder, einen Henkelmann mit 4 siffigen Golfbällen und einen angenagten Bleistift in die Hand gedrückt. Aus einem großen Ständer suchen Sie sich einen Golfschläger heraus. Denken Sie mit und wählen den, den Ihre Kinder gern hätten, denn garantiert möchten die ab Bahn 3 mit Ihnen tauschen. Doch erst heißt es, an Fairway 1 auf die 8köpfige Großfamilie zu warten, die mit der Sonderregel „Jeder hat 20 Schläge" auf dem Weg zur Eintragung in das „Guinnessbuch der Rekorde" ist: Der längste Aufenthalt auf einem Minigolfplatz bei Nieselregen. Es muss ja regnen, sonst wäre man ja am Strand. Vergleichen Sie diese Momente hinter der Trapp-Familie im Geiste mit dem Sitzriesen im Kinosessel vor Ihnen oder dem Phänomen, dass Sie sich immer an der Kasse anstellen, an der garantiert ab dann gar nichts mehr weitergeht. Beim Minigolf sind Sie wenigstens an der frischen Luft.
Die Kinder sind mittlerweile auf dem Platz verstreut und verlieren alle Bälle bis auf den, der wie ein Flummi hüpft und immer aus der Bahn springt. Irgendwann haben sie die Nase voll und beschließen, das Loch 1 ans Ende zu legen. Dann geht es los.

50

Wo kann man, wenn Sie nicht ein Klavier ihr eigen nennen, den Kindern besser zeigen, wie wichtig korrekte Körperhaltung und ein Mindestmaß an Technik sind. Sie stellen sich breitbeinig über den Ball – vorsichtig, die Bahn nicht betreten – fassen den Schläger mustergültig mit beiden Armen an, holen gleichmäßig und rund aus und schwupp, schon bleibt er am Hindernis hängen oder fliegt in den Hagebuttenstrauch. Wenn Sie überhaupt getroffen und nicht nur den Asbest aus der Bahn in die Gegend geschlagen haben.

Dann kommen Ihre Kinder dran. Natürlich nachdem Sie sie über den korrekten Umgang mit dem Sportgerät aufgeklärt haben. Doch die stellen sich breitbeinig auf die Bahn, halten den Schläger wie eine Axt, treffen den Ball nicht richtig und schwupp – nun können Sie wählen – machen a.) ein hole-in-one und lachen über Sie mit Ihren 7 Punkten oder rasten b.) völlig aus, da überhaupt nichts gelingt. Ignorieren Sie beides, denn Ihr Kind wird das richtige Minigolf von Ihnen a.) sowieso nicht lernen und b.) kommt es noch schlimmer: Sparen Sie sich Ihren Wutausbruch für den Moment auf, wenn Sie a.) nach der fünften 7 ihres Kindes dessen Schläger an den Kopf bekommen, Ihr Nachwuchs b.) zum elften Mal den Ball schlägt, bevor er zur Ruhe gekommen ist oder Sie c.) verloren haben, obwohl Sie Tiger Woods schon x-Mal auf Eurosport zugesehen haben und Ihre Kinder nicht mal wissen, wer der Anhausener ist.

Und das schönste kommt erst noch. Egal, wie besch... es auch war, morgen wollen Ihre Kinder wieder zum Minigolf. Einzige Lösung: Schnell zum Supermarkt. Dort gibt es was zu naschen, was zu spielen und Abenteuer. Ü-Eier. Jetzt auch ohne Asbest.

Black Beauty

Ich persönlich bin kein Pferdefreund. Pferdesteak schmeckt mir zu streng und obwohl es reich an Eisen ist und sich wunderbar für Reduktionsdiäten eignet, halte ich es doch mit Papst Gregor III, der den Verzehr als abscheulich verbot.

Immer wenn ich diesen irrsinnig witzigen Brüller bringe, lächelt der Sohn gequält, doch die Mädchen wollen mir an die Gurgel.

Warum Mädchen diese Affinität zu Pferden besitzen, ist mir ein Rätsel. Denn es sind die Jungs, die Cowboy und Indianer spielen. Doch ist Ihnen mal aufgefallen, dass sie dabei nicht reiten? Sie stehen, gehen oder werden filmreif erschossen, aber nie hoppeln sie auf einem Zossen daher. Und auch später verlangen sie nicht nach dem Mietpferd im Stall, obwohl es doch auch nett sein könnte, hoch zu Ross durch den Großstadt-Dschungel zu reiten. Auf Island stand ich mal abends an einer Tankstelle, da kamen die ganzen Jugendlichen der Gegend angeritten, banden ihre Pferde neben den Tanksäulen fest und hingen da so ab. War irgendwie cool.

Wenn die Eltern sich dann zu einem Pferd für die Tochter überreden haben lassen, können sie sich meist nur ein halbes Huftier leisten.

(Hier ein Gag: Die mit dem hinteren Teil haben echt die Arschkarte gezogen! Gag-Ende)

Wie eine Eisenbahn, die konstruiert, auf- oder umgebaut wird, mit der zu spielen aber nur wenig Zeit in Anspruch nimmt, muss dieses Pferd gebürstet und gestriegelt und der Stall ausgemistet werden. Zum Ausritt bleibt da wenig Gelegenheit.

Und es sind dann eben die Mädchen, die genetisch bedingt als Sissy durch das Leben reiten oder vom Prinz auf seinem Schimmel gerettet werden wollen. Nur leider ist kein Junge da, der diesen Prinzen spielen will. Auch hängt bei ihm an der Kinderzimmerwand nicht Black Beauty vor dem malerischen Tor eines englischen Landsitzes, sondern es ist Oliver Kahn, der dort im Tor der Allianzarena nach dem Ball hechtet.

Und dann diese Reiterhöfe. Muffelige Mädchen mit Pferdeschwanz striegeln, füttern oder zäumen. Manchmal reiten sie auch mit hohlem Kreuz und einem Gesichtsausdruck, der der

Leibgarde der Queen zur Ehre reichen würde. Mich erkennen sie sofort als Pferdefeind und ignorieren meine Gegenwart. Überall liegt Gerümpel herum, der Misthaufen stinkt zum Himmel. Hunde kacken ins Heu und debile Pferde wackeln stundenlang mit dem Kopf. Oder glotzen blöde aus der Stalltür. Ein Tier, das auf sich reiten lässt, muss dumm sein. Ist ja lachhaft: Ein Tier, dass drei Meter hoch springen kann, lässt sich von einem kleinen Zaun davon abhalten, in die Welt zu laufen. Vielleicht hat es aber auch nur Angst vor dem Rossschlachter.

Nummer 5 lebt

Neulich fuhr ich mit dem Auto, als vor mir zwei ganz gewöhnliche Teenager über die Straße gingen und eine Telefonzelle betraten. Na ja, die richtigen Zellen gibt es ja kaum noch, es war mehr diese Attrappe, in der man Wind, Regen und den Ohren anderer Leute ausgesetzt ist und die sich zu dem früher bekannten gelben Häuschen in etwa so verhalten, wie das Pinkelbecken im Hauptbahnhof zu der Toilette bei uns zuhause.
Die Mädchen jedenfalls griffen nach dem Hörer. Ich war verwirrt. Sie hatten alles das, was gerade „in" war: Flip-Flops, bunte Handtasche, bauchfreies Top, Bauch – und kein Handy. Wo gibt es denn das? Können die überhaupt ein Münz- oder Kartentelefon benutzen? Meine Schwiegereltern haben noch ein Telefon mit Wählscheibe. Ein Enkel wollte telefonieren und stand völlig ratlos vor dem Gerät und hatte keine Idee, wie er es bedienen sollte. Sein Handy sah irgendwie anders aus…Obwohl, bei dem Retro-Wahn heutzutage kommt bestimmt demnächst ein Handy mit Wählscheibe auf den Markt.
Auch wenn es fast schon chic ist, gegen das Handy zu wettern: Ich persönlich telefoniere gern und es ist mir auch ganz egal, für wie blöd man mich hält, wenn ich meiner Mutter über meine Erlebnisse beim Einkaufen live berichte:
„Ich bin gerade bei den Dosensuppen."
…
„Nein, Minimal."
…
„Ja, sieht auch hier nach Regen aus."

...

„Nein, draußen!"

...

„Jetzt bin ich beim Käse."

...

„Höhlen."

...

„Cola und ne Zeitung. Dann fahre ich zu Peter."

Okay, die Umweltaktivistin mit ihrem Fahrradhelm und den drei Paketen organisch-biologischer Nudeln im Einkaufswagen schüttelt den Kopf, doch die Rentnerin vor mir, die sich wie üblich vorgedrängelt hat, würde zu gern wissen, ob ich den Käse bei Peter essen und die Zeitung selbst lesen oder ihm doch nur eine Dose Pichelsteiner vorbeibringen werde.
Jahrelang haben meine Frau und ich den Einzug des Mobiltelefons in unseren Haushalt bekämpft. Doch der Gegner untergrub den Widerstand. Meine Mutter schenkte mir ein Handy, damit ich aus Turnhallen, in dessen Nähe es tatsächlich fast nie Telefone gibt, zuhause oder noch besser bei ihr, anrufen könne, um die brandaktuellen News mitzuteilen:

...

„Beim Handball."

...

„Verloren."

...

„3 Tore."

...

„Wie üblich. Bluterguß am Oberschenkel, Kratzer im Gesicht."
Sogar meine Frau musste zugeben, dass ein Handy manchmal ganz praktisch sei. Nur nicht für sie, wenn ich es mit habe. Also kam das zweite Handy in unseren Haushalt. Nummer 3 gab es nach zwei Jahren von der Telefongesellschaft. Das soll ja nicht herumliegen, also wurde flugs eine Karte dafür gekauft. Gerät 4 erhielt die älteste Tochter, weil a.) alle eins haben und b.) es die Sicherheit erhöht, wenn sie abends im Dunkeln unterwegs ist. Dass man auch im Hellen zurückkehren oder sich sowieso von Mama-Taxi abholen lässt, wurde lieber nicht erwähnt.

Da Handy 4 nach ein paar Monaten so etwas von out war, folgte umgehend dessen Nachfolger. Nummer 5 lebt, kann fotografieren und bimmelt alles, vom Radetzky-Marsch bis zur Internationalen, in Tenor, Alt und Mezzo-Sopran. Die jüngeren Geschwister stehen nun auch schon Gewehr bei Fuß und fordern gleiche Rechte. Demnächst werden also wieder die üblichen Vorwände gesucht (wenn du 10 Einsen im Zeugnis hast oder 30 Tore in einem Spiel wirfst), um Handy 6 und 7 zu begründen. 4 ruht, da der Vertrag erst auslaufen muss. Warten darauf geht auf keinen Fall, auch wenn beim ersten Handy noch das „Überhaupt haben" wichtiger ist als der Typ oder der Hersteller. Später muss es zum Klappen sein, gern von Ericsson oder Nokia.

Es kann natürlich auch sein, dass die Kleineren bei uns irgendwann einsehen, dass ein Mobiltelefon nur ihr karges Taschengeld auffrisst, welches viel besser für Pokemons, WM-Sammelbilder oder sonstige, gerade unheimlich angesagte, äußerst sinnvolle Sachen ausgegeben werden könnte. Die Wirtschaft ist da ja sehr erfinderisch. Doch das scheint mir so realistisch wie ein Teenager in einer Telefonzelle.

Mein Sohn, der Weltmeister

Was hat meine Mutter früher immer gestöhnt. Ich würde nach dem Fußball der dreckigste Junge von allen sein, hätte die meisten Blessuren und die kaputtesten Hosen. Ich war eben eher Berti Vogts denn Günther Netzer, mehr Terrier denn Regisseur. Meine ersten Helden hießen Kargus und Keegan, ich wühlte wie Gerd Müller im Strafraum und fing die Bälle wie Uli Stein. Hauptsache der Platz war tief und matschig.

Und heute ist es nicht anders. Die Helden meines Sohns heißen Ruud van Nistelrooy, Ronaldinho oder Henry. Und es ist eine Freude zu sehen, welch Talent in meinem Sohn schlummert. Ich weiß, das sagen alle Väter. Doch wie er dribbeln und schießen kann, den besser postierten Mitspieler sieht oder in der Abwehr kämpft, das ist, wie der Sportschau-Semantiker Jörg Wontorra sagen würde, „a la bonheur".

In seinem Alter war ich nicht so weit. Ballsicherheit, Spielwitz, Kampfgeist. Und dieser Trainingsfleiß. Immer wieder muss meine Frau ihn beim Training stoppen: „Mach mal Pause. Sind die Hausaufgaben erledigt? Du musst was essen." Er ist in seinem Eifer nicht zu bremsen. Jede freie Minute will er trainieren. Fantastisch.

Er besitzt Laufstärke und Schusskraft. Und auch im Tor ist er eine Bank, überrascht den Gegner durch brandgefährliche Ausflüge in den Sturm. Ich sehe mich schon beim WM-Endspiel, der Sohn markiert den Siegtreffer gegen Brasilien - und Vater Brood schießt ein Erinnerungsfoto wie weiland Vater Becker in Wimbledon. Meine Frau zögert noch, wenn ich vom Sportinternat spreche. Mittlere Reife würde auch genügen, ein paar Jahre Profi und dann eine Lottoannahmestelle oder Bundestrainer, wenn es sehr gut läuft auch eine Adidasvertretung. Ich persönlich könnte mir eine Aufgabe als sein Manager vorstellen.

Meine Frau hat es im Übrigen viel besser getroffen als meine Mutter, denn nie sieht unser Sohn schmutziger aus als seine Mitspieler. Und die schlimmste Verletzung war eine Sehnenscheidenentzündung. Noch besser: Nach dem Spiel gibt es auch keine Besäufnisse in der Kabine. Soviel Realität bekommt man mit einem Videospiel selbst heute noch nicht hin.

Törööööööh

Ich kann es nicht mehr hören.

Benjamin Blümchen kracht zum hundertsten Mal durch die Tür von Zoodirektor Tierlieb – wie blöd ist so ein Elefant eigentlich? Die sollen doch ein so enormes Gedächtnis haben. Oder Bibi Blocksberg, die auf tausend Milliarden Kassetten immer in den wichtigen Momenten nicht zaubern darf, kann oder will. Von Kinderliedern will ich gar nicht erst reden. 2500 km bis nach Südfrankreich mit Rolf Zukowsky. Da wird jede Mautstelle herbeigesehnt: „Kinder, macht doch mal leiser". Dann lieber doch nur kurz um die Ecke an die Ostsee. Das dauert nur 2 Kassetten lang, wenn man zeitig aufbricht.

Vorteilhaft sind mehrere Kinder in unterschiedlichem Alter. Je älter sie sind, desto weniger Kassetten mit Kinderliedern werden eingelegt. Und da die kleineren Geschwister sowieso nichts zu bestimmen haben und sie meistens auch selbst lieber die Geschichten der Großen mithören wollen, bleiben einem dann viele einfältige Texte erspart. Dafür spannende Abenteuer mit Gänsehaut, TKKG, Karius und Baktus. Dem nervigen Sams. Den 5 Freunden. Leider wenig Lindgren. Immerhin werden die Kassetten wirklich, bis zum Bandsalat, abgenutzt. Denn von Zuhause bis kurz hinter Bordeaux laufen nicht etwa alle siebenhundert Rolf Zukowsky Aufnahmen, sondern nur eine. Wieder und wieder und wieder.

Kürzlich aber habe ich erschreckt festgestellt, dass manche Hörspiele hochgradig Sucht gefährdend sind. Ich habe den 3-Fragezeichen-Virus und kann ohne Justus, Bob und Peter nicht mehr Auto fahren. Nach jedem Kindergeburtstag konfisziere ich heimlich die Kassetten und verwahre sie in einem speziellen Koffer. Bloß keinen Bandsalat auf dem alten Recorder im Kinderzimmer riskieren. Außerdem verlieren sie immer die Texthüllen mit den Sprechern. Dabei muss ich doch wissen, wer Inspektor Cutter ist oder ob wirklich die große Elisabeth Volkmann dort Klimbim macht.

Es gibt Tätigkeiten, die mag man, während alle anderen sagen „wie schrecklich". Kennen Sie das auch? Ich fege zum Beispiel ganz gern oder räume die Garage auf. Meine Kinder wissen das

und bringen sie nur fünf Minuten später wieder in den unordentlichen Normalzustand. „Papa, da hast du am Wochenende wenigstens etwas zu tun." Ich sollte dankbar sein, anstatt zu meckern.
Von Zeit zu Zeit überkommt mich eine unerklärliche Lust, die Kinderkassetten zu sortieren. Vielleicht steckt ein Archivar in mir, denn ich sitze auch gern im Dunkeln. Ein Leben im fensterlosen Keller, nur Akten oder Bücher um mich, die von mir in herrlicher Ruhe katalogisiert und sortiert werden wollen. Ein Traum.
Packt mich also die Lust, müssen alle ausströmen und aus Zimmern, Autos, Kellern, Betten, Schachteln oder Schränken alles ins Wohnzimmer bringen, was mit Kassetten zu tun hat. Braune Knäuel Bandsalat, zerbrochene, messerscharfe Hüllenreste und zerfledderte Textumschläge oder wie man die Einlagen nennt. Neulich habe ich tatsächlich einmal eine funktionstüchtige Kassette mit Begleitheft samt intakter Plastikhülle gefunden. Unglaublich, wie ein Sechser im Lotto. Akribisch sortiere ich auf unserem Wohnzimmertisch. Bilde Stapel. Kassetten nach Hörspielreihe, meterhohe Türme Hüllen, Textbeilagen. Kinder, die helfen wollen, werden weg gebissen. Das ist mein Job. Zum Beispiel „Der Süderhof": Fünfzehn Kassetten, nur noch vier Textheftchen von längst verschollenen Folgen. Leere Kassetten-Schachteln gibt es genug, den Band fressenden Kassettenrecordern sei Dank. Naturgesetz: Wenn alles sortiert ist, tauchen garantiert aus einer vergessenen Tasche, dem Brotkasten oder der Toilette, noch mal zwanzig Kassetten auf. So sicher, wie das auf die Butterseite fallende Brot oder die Tatsache, dass man sich im Supermarkt immer an die Kasse anstellt, in der die Kassenrolle zu Ende geht oder die Frau vor einem ihre Flasche Doppelkorn und die Packung Marlboro Light mit 5 Cent Münzen bezahlt.
Wenn ich genug sortiert habe, dürfen die Kinder sich die Bänder wieder in ihr Zimmer nehmen. Nur nicht die 3 Fragezeichen-Kassetten. Die will ich im Auto genießen.
Meine Frau kann es nicht mehr hören.

Achtung Steinschlag

Die Rede ist hier weniger vom Fahrradhelm, der immer wieder zu Diskussionen mit unserem Sohn führt, da er sich konsequent weigert, dieses formschöne Accessoire des modebewussten Bikers aufzusetzen. Die Frisur (er allein verbraucht 17,4 % der Weltproduktion an Haargel) würde leiden. Und so geht er, auch lange Strecken, zu Fuß. Das ist immerhin konsequent.

Nein, es geht vielmehr um den gemeinen Schutzhelm, dessen Nutzung in unserem Haus, auch für den Sohn, mittlerweile per Verordnung vorgeschrieben ist. Einen Auszug daraus legen wir jedem Besucher vor und lassen ihn schriftlich quittieren. Ein Helm muss, schon allein aus versicherungstechnischen Gründen, getragen werden, „ da Kopfverletzungen durch Anstoßen an Gegenständen oder durch pendelnde, wegfliegende, herab- oder umfallende Gegenstände auftreten können. Nach einer starken Beanspruchung ist der Helm auszuwechseln.“

Wir raten zu Helmen aus Duroplasten, die bruchfest auch bei Kälte sind (wir heizen in unserem sogenannten Sommer von Mai bis September nicht) und andererseits auch bei Wärme (im bei uns üblichen Winter also) eine hohe Formbeständigkeit aufweisen. Außerdem ist die Chemikalienbeständigkeit höher (siehe Haargel!). Helme aus Duroplast unterliegen auch keiner Alterung, im Gegensatz zu Thermoplast-Helmen.

Sie fragen sich nun vielleicht, warum wir diese Maßnahmen ergreifen. Federführend bin ich da, vielleicht aufgrund meiner Erfahrungen in einer chemischen Fabrik, wo sogar das Abrollen des Toilettenpapiers von einer Sicherheitsvorschrift geregelt wird. Und zuhause geht es viel schlimmer zu. Nicht umsonst passieren statistisch gesehen die meisten Unfälle im Haushalt.

Zwei Haupt-Gefahren-Punkte bestehen in unserem Haus. Zum einen sind das alle Türen, denn aufgrund extrem starker Wutausbrüche unserer dritten Tochter (die dritten sind immer die Schlimmsten, sagen diplomierte Psychologen und der Opa meiner Frau) hängen sie nur noch sehr lose im Mauerwerk und drohen einzustürzen. Teilweise sind bereits ziegelsteingroße Brocken heraus gefallen. Natürlich warnen wir parallel mit in auf Alpenpässen „gefundenen“ Schildern vor Steinschlag und Gerölllawinen, doch sicher ist sicher.

Die andere Gefahr bilden Wurfgeschosse aller Art, mit denen meine Frau von Zeit zu Zeit ihre Argumente zu untermauern weiß. Besonders gern nimmt sie dazu die Fernbedienung des Fernsehers. Die liegt – Natur ihrer Sache – gut in der Hand und fliegt auch recht elegant. Diese drastische Methode der Unterstützung der eigenen Sichtweise beruht auf einer alten Familientradition und kann der Tochter nicht vorgeworfen werden. Schon ihre Mutter hat ihrem Mann gern mal ein Marmeladenbrot oder eine Nutella-Schnitte an den Kopf geworfen. Ich werde mal über Schutzbrillen nachdenken müssen.

Mein Teddy

Haben Sie, wie ich, noch ihren ersten Teddy? Meiner ist von Steiff, inzwischen ohne Fell und nach etlichen Kopftransplantationen etwas unbeweglich im Halswirbelbereich.

Oder besitzen Sie noch alle Matchbox-Autos? Die Lieblingspuppe? Dann herzlichen Glückwunsch. Geben Sie sie nicht Ihren Kindern, denn sonst war es das.

Ich hatte jahrelang einen fantastischen, hübsch blau-gelben Kreisel. Mann, wie der kreiselte. Er lag versteckt in einer Kiste, doch eines Tages fanden ihn die Kinder. Er sieht immer noch prima aus. Nur kreiseln kann er nicht mehr. Und das ist schlecht für einen Kreisel. Oder mein kleines Tischbillard. Von mir gehegt und gepflegt, stand es 15 Jahre im Keller. Dann hatte ich es mal zu Weihnachten oder an einem anderen besonderen Anlass zum Spielen hervorgeholt. Die Kinder waren begeistert. So begeistert, dass sie es ein paar Wochen später in eines der Kinderzimmer stellten. Drei Stunden später fehlten die Kugeln 2, 8 und 12, zwei der Beine sowie die Spitzen der beiden Queues.

Kinder praktizieren eine Art Kommunismus. Die Eltern sind die Werktätigen, sie selbst das Zentralkomitee oder die Einheitspartei. Leben in Saus und Braus, während das Volk Stunden für Bananen, Kaffee oder Queues ansteht. Aber nur das Privateigentum der Eltern ist aufgehoben. Sie selbst achten sehr wohl darauf, dass keines der Geschwister sich ja nur mal an einer der eigenen Spielsachen vergreift, auch wenn diese seit Jahren unbenutzt in der Ecke liegen.

60

Fast alle meiner als kleiner Junge heiß geliebten Autos hatte ich vorsichtshalber als Teenager einem Nachbarjungen geschenkt. Das war dumm genug. Wahrscheinlich hätte ich mich aber noch mehr geärgert, wenn meine Kinder nach kürzester Benutzung die Räder abgefummelt und die Türen heraus gebrochen hätten. Ein paar Wiking-Modelle habe ich noch. Raten Sie selbst, wie viele von ursprünglich 5 Leitern sich noch am Feuerwehr-Set befinden? Richtig, eine, weil sie kaputt und mit Kunstharz festgeklebt ist.

Ich weiß nicht, warum die Kinder meine Spielsachen so schnell kaputt kriegen. Ich dachte immer, wir würden sie dazu anleiten, besonnen und mit Respekt vor den Dingen umzugehen. Aber wahrscheinlich habe ich meinen Erziehungsmethoden schon früher nicht getraut, denn meinen Teddy hatte ich vor Jahren schon ganz hinten an der Wand auf dem Schrank versteckt. Mittlerweile schlummert er unter einer dicken Staubschicht vor sich hin und wartet…, ja auf was eigentlich? Das ich wieder jung werde? Immerhin hat er noch einen Kopf, Beine und alle Augen.

Club Familia (Text gilt für Juni bis August)

„Wann wird's mal wieder richtig Sommer…"
Ich kann mich kaum mehr daran erinnern, wie es früher einmal war. Dabei denke ich nicht die Zeit nach dem Krieg, von der meine Eltern gern erzählen oder regnerische Sommer, die Rudi Carell dereinst musikalisch kommentierte. Nein, ich meine die Zeit vor den Ferien, als alles noch seinen gewohnten Gang ging. Die Kinder wurden von Termin zu Termin gefahren, in der Firma nervten Kollegen, jeden Abend gab es Diskussionen über die Zubettgehzeit, im Waschkeller türmten sich mit sisyphos-artiger Regelmäßigkeit die Wäscheberge vor meiner Frau auf oder in der Küche das schmutzige Geschirr. Ich rede vom Himalaja, nicht vom Harz oder den Alpen. Jeden Mittag bestand sie darauf, nach einem fantasievollen Speiseplan jenseits der Spaghetti mit Tomatensoße für die Kinder zu kochen. „Die Kinder brauchen feste Rhythmen." Um es sich mit genauso regelmäßigem Gemaule danken zu lassen: „Ich will keine Dinkel-Spirelli. Die Soße schmeckt zu gesund. Wo ist der Ketchup von Aldi? Rinderhack esse ich nicht, auch nicht aus dem Bioladen."
Wenn die Kinder denn überhaupt pünktlich aus der Schule zum Mittagessen kamen und nicht für einen Kilometer siebzig Minuten brauchten:
„Wo bleibt ihr denn?"
„Wieso, wir haben noch Fussi gespielt!"
„Ich habe extra gekocht."
„Ravioli mag ich sowieso nicht, ich bestelle mir eine Pizza!"
Doch dann kamen die Ferien, eingeleitet durch Zeugnisse, wobei sich die Zensuren genau parallel mit der Klassenstufe entwickeln: Im nächsten Jahr wird es wohl die erste Sieben im Zeugnis geben! Im Urlaub ist dann alles anders. Meine Frau kocht gar nicht mehr. Plötzlich ist es völlig in Ordnung, wenn sich jeder zu jeder Zeit selbst irgendwas nimmt, bevorzugt Schokoriegel oder Tiefkühl-Pizza anstatt Tofu-Bratling und Gemüseauflauf. Oder gleich beim Chinesen anruft: „You ring, we bring! Bitte 25 Frühlingsrollen." Das schmutzige Geschirr räumen die Kinder selbstständig in die Geschirrspülmaschine. (Selbstständig, hahaha, sie haben es bemerkt, das war wieder mal ein Witz!) Bei sommerlichen

Temperaturen stapeln sich bunte Tupper-Becher bis zur Decke. Kinder können ja niemals zweimal dasselbe Glas benutzen. Eine naturgesetzliche Unmöglichkeit. Wenn sie ihn überhaupt leer trinken. Sie wissen ja, dass nur für das, was bei uns an Milch weggekippt wird, sich irgendwo in Dithmarschen ein schwarz-weißes Holsteinrind über das Jahr biologisch-organisch abrackert. Gekocht wird im Urlaub nur noch von mir, z.B. Maccaroni mit Hackfleischsoße oder mal ganz was anderes, Spagetti Carbonara. Die Herren der Schöpfung sind da einfach kreativer. Wer hat schon von berühmten Frauen als Köchin gehört: Bocuse, Max Inzinger, Ronald McDonald. Sind alles Männer, tut mir leid, meine Damen.

Und ich koche nicht nur, sondern helfe auch bei der Wäsche, indem ich wochenlang ein und dieselben Badeshorts oder diese schlabberige Jogginghose trage, die meine Frau nicht leiden kann, obwohl sie niemals im Wäschekorb liegt und sie ihr somit keine Arbeit macht. Okay, bei den Wäschebergen gibt es ansonsten nur eine substantielle Veränderung, denn der Badelakenanteil vergrö-ßert sich auf Kosten der allgemeinen Buntwäsche. Mit den Handtüchern ist das wie mit den Bechern: Kinder müssen immer ein Neues, ein Trockenes nehmen. Die Ausnahme ist da der Sohn, der sich von seinem HSV-Handtuch nicht trennt. Durch den erhöhten Dreckanteil braucht es zum Trocknen nur hinge-stellt zu werden. Ein praktischer Nebeneffekt.

Schön am Urlaub ist auch, dass mich die Arbeitskollegen nicht mit Anfragen nerven. Besonders, weil sie nicht meine Handy-Nummer bekommen. Dafür schaffen sie allerdings auch nichts weg, sondern stapeln mir zur Begrüßung einen halben Meter Korrespondenz auf den Schreibtisch. Plus 193 Emails. Im Urlaub übernehmen stattdessen die Kinder diesen Part:

Es wäre so langweilig. Keiner der Freunde sei da. Es wäre so heiß. Dürfen wie fernsehen? Im Internet surfen? Chatten? Spielen wir Monopoly? Können wir ins Freibad? Ins Kino? Wir wollen ein Eis! Einen Swimmingpool! Einen Goldesel! Sich selbst be-schäftigen geht gar nicht. Die Eltern als Urlaubsanimateure im Club Familia!

Das schöne an den Ferien sei, dass sie auch irgendwann einmal zu Ende gehen, hörte ich neulich jemanden im Freibad sagen. Das ist bei uns dann, wenn sich endlich alle, so nach 5 Wochen, an den Urlaubsrhythmus gewöhnt haben. Dann beginnt die schwerste Zeit: Wie bekommt man die Kinder wieder regelmäßig vor Mitternacht ins Bett? So wie früher. Nach dem Krieg. Vor den Sommerferien.

Das Geheimnis der schlanken Linie

Immer wenn jemand meine Frau nach langer Zeit einmal wieder trifft, so nach zwei Wochen oder dreizehn Jahren, sagte er oder sie: „Mein Gott, bist du schlank geworden. Dich erkennt man gar nicht wieder. Wie schmal du bist." Dabei empfand ich sie schon früher nicht als dick und rückblickend betrachtet ist das Kompliment eigentlich ja eine Beleidigung.

Gemeinhin heißt es, mit jedem Kind verliert die Frau einen Zahn und nimmt ein paar Kilo zu. Meine Frau kann aber auch nach fünf Entbindungen immer noch kraftvoll zubeißen und für das Thema Gewichtszunahme habe ich mich geopfert und ihr für jedes Kind die Last von ein paar Kilos abgenommen. Also, ich habe stattdessen zugenommen, Sie verstehen schon. Wo aber liegt das Geheimnis der schlanken Linie meiner Frau?

Ein Aspekt ist sicher die Tatsache, dass sie, vom Heißhunger übermannt, im Supermarkt den Einkaufswagen voller Schokolade, Chips und Gummibären packt, zu Hause aber das hohe Lied der gesunden Ernährung singt und dann doch lieber ein paar Gurkenscheiben, Knackmöhren oder Naturjoghurt, fettarm, isst. Ich, der im Supermarkt außer ein paar harmlosen koffeinhaltigen Kaltgetränken fast nichts kauft, kann aber nicht zulassen, dass alles weggeworfen oder gar Gästen angeboten wird. Oder die Kinder die ungesunden Näschereien essen. Und deshalb opfere ich mich auch hier, indem ich das Teufelszeug mit viel Cola herunterspüle.

Der wahre Grund für die Gewichtsabnahme meiner Frau liegt aber in der Tatsache begründet, dass wir zu Hause regelmäßig gemeinsam essen. Frühstück, Mittag, manchmal Abendbrot. Mit Damastdecke, Kerzen, feinen Tellern. Der Tisch biegt sich. „Piep piep piep, wir haben uns alle lieb." Und dann durch Essen abnehmen? Geht das? Wenn Sie eine Mutter sind und kleine Kinder haben, auf jeden Fall. Wie sieht zum Beispiel so ein Frühstück aus?

Nehmen wir einen schönen Sonntag. Eltern, die das Wohnzimmer betreten möchten, werden freundlich, aber bestimmt am Eintreten gehindert. „Haut ab. Wir machen Frühstück. Ihr verderbt die Überraschung." Nur Stunden später ist der Tisch von den Kindern liebevoll gedeckt, während in der Ecke der Fernseher sein kindgerechtes Morgenprogramm ausspuckt: Fünf Frühstücksbretter und zwei Suppenteller, drei Eierbecher, vierzehn Eierlöffeln, drei Kindermesser und eine Gabel, ein leeres Nutella-Glass, das ganze Sortiment Joghurte, der halbe Gewürzschrank von Muskatnuß bis Knoblauch granuliert, nur kein Salz, die guten Weingläser, eine halbe Scheibe Zervelatwurst, zwei ganze Wassermelonen, alle Brotbestände, schwarz, fein, Knäcke, Toast, Pumpernickel plus die von mir frisch geholten Brötchen, zwei Großpackungen Gouda, aufgeschnitten, zwei ganze Gurken in Scheiben. Sojasauce, Ketchup und etwas Grünlich-Rotes, das man auf Steaks kippen soll. Auf jedem Platz liebevoll eine Servierte mit einem Toffeefee oder einer anderen Praline, zum Beispiel einem Gummibärchen. Namensschilder, handgemalt. Auf dem Herd köchelt etwas Wasser für etwaige Eier. Ein gesättigter, kaffeeartig riechender Sirup mit hohem Festkörperanteil quält sich glucksend durch die Kaffeemaschine.

„Mama, Papa, Frühstück ist fertig!"

Schon stürzen sich alle, wie bei der Reise nach Jerusalem, auf ihre Plätze und greifen nach den Lebensmitteln wie eine Horde Halbverhungerter. Alle? Nein, meine Frau steht noch in der Küche und kocht sich einen Tee, setzt die Eier auf, kocht Marmelade. „Mama, bringst du Milch und Salz mit? Und die Schokostreusel." Endlich auch am Frühstückstisch, muss sie den Streit schlichten, wer neben ihr sitzen darf und schmiert anschließend der jüngsten Tochter ein Marmeladenbrot. „Wo ist die Erdbeerkonfitüre"? „Noch im Kühlschrank!" Die freundliche Bitte an eines der Kinder, den Aufstrich zu holen, wird mit dem üblichen Maulen — warum immer ich, warum nicht der die das — quittiert. Also geht sie selbst. Wir anderen sind schon beim zweiten Brötchen, als irgendjemand den Kakao umkippt. Das passiert mit derartiger Regelmäßigkeit, dass wir sowohl Tischdecke als auch Fußbodenbelag von der Firma Zewa einkaufen könnten. Alibi- mäßig bücken sich ein zwei Kinder und ich nach dem Wasserfall, der sich vom Tisch über den Stuhl auf das Parkett ergießt, allerdings mehr so wie ein UN-Beobachter ohne Eingriffslegitimation. Letztlich ist es selbstverständlich meine Frau, die alles aufwischt. Sie kann das auch einfach besser. Wieder auf ihrem Platz schafft sie es immerhin, ein Brötchen zu halbieren und eine Hälfte mit der Butter, nicht ohne sie vorher aus dem Kühlschrank zu holen, zu bestreichen. „Mama, wo ist der Rewarewa-Honig?" „Oben im Regal im Keller, da kommst du nicht ran. Ich hole ihn dir." Ich könnte natürlich auch gehen, komme nur leider gerade so schlecht aus der Sitzbank. Kurz darauf sind wir dann mit dem Essen fertig und die meisten stehen mit fadenscheinigen Begründungen auf. Allein frühstückt meine Frau auch nicht so gern. Immerhin darf sie den Tisch abräumen. Und so bleibt es bei dem halben Brötchen. Da macht auch diättechnisch die Tatsache nichts mehr aus, wenn es wie zum Beweis der Volksweisheit, Schokolade sei Nervennahrung, derartig dick mit Nutella beschmiert ist, dass Mitarbeiter von Ferrero schon zu Studienzwekken um Plätze an unserem Eßtisch nachgesucht haben. Bei diesen Mahlzeiten muss meine Frau einfach schlank werden.

Rituale und Rhythmen

Wie wichtig sie für die Entwicklung kleiner Kinder sind, kann gerade jemand wie ich, der sich von Zeit zu Zeit im erweiterten Einflußbereich der Lehren Rudolf Steiners aufhält und regelmäßig nach Mondphasen gesätes Getreide ißt, wunderbar nachvollziehen. Oder auch nicht. Doch das diskutiere ich mit meiner Frau aus. Sie jedenfalls ist eine große Verfechterin der These, dass man für eine gesunde Entwicklung die Wiederkehr von Vertrautem benötigt, dass Kinder durch verläßliche Regeln Kraft gewinnen, die Familie und der Alltag gefestigt und Grenzen gesetzt werden - sanft, aber bestimmt. In Plüsch, Schäfchenwolle und Pastellfarben. Sogar eurythmische Tendenzen sind zu erkennen, also die Kunst, geistige Inhalte durch Körperbewegungen darzustellen. Aufstampfen, wenn einem etwas nicht passt zum Beispiel.

Wie Sie sehen, geht es nicht um die Ihnen hinlänglich bekannten Hattusa-Rituale. Mal ehrlich, vom Einfluss religiöser Traditionen und Texte kizzuwatnischer Provenienz aus dem Kizzuwatna auf dem Gebiet des antiken Kilikien durch die hethitische Oberschicht, die von einer Mischung nordsyrisch-hurritischer und südanatolisch-luwischer Traditionen geprägt sind, haben wir doch genug gehört.

Es geht vielmehr um gute deutsche Alltagsrituale wie das gemeinsame Frühstück am Sonntag, den Osterspaziergang oder das Erntedanksingen im Kindergarten. Komischerweise geht es nie um das Ritual des Fernsehguckens oder das des Computer-Spielens. Klingt bigott, aber demnächst wird meine Frau ein interfamiliäres, themenzentriertes Seminar unter dem Titel „Warum jeden Tag auf RTL „Popstars" ansehen kein Ritual ist" abhalten. Gasthörer sind erwünscht.

Meine Frau ist ansonsten sehr erfinderisch, was neue Rituale auch in Bezug auf mich angeht. Zurzeit frischt sie meine rituelle Duldsamkeit wieder auf. Immer, wenn wir eines unserer Kinder von deren Freunden abholen oder noch Bettzeug und Zahnbürste vorbeibringen („Papa, ich will bei Melanie schlafen. Hier kann ich „GZSZ" sehen. Frag mal Mama, ob ich darf.") springt sie kurz aus dem Auto, während ich im Halteverbot warte. Und tatsächlich, regelmäßig nach wenigen Minuten beginnt ein rhythmischer

Druck auf meinen Magen, weil sie ja genau weiß, dass ich gleich dieses ungemeine wichtige UEFA-Cup-Spiel des HSV gegen Dnjepr Dnjprpetrowsk sehen möchte. Nach einer halben Stunde beginnen genauso regelmäßig die anderen Kinder im Auto zu quengeln und vor Langeweile erste Stückchen aus dem Polster zu pulen. Die wurden mit den Worten „Mami ist gleich wieder da" zum Sitzen bleiben aufgefordert. Wie unterschiedlich man „gleich" definieren kann. Für mich heißt es soviel wie „sofort, schnellstens", während meine Frau in diesem Wort eher einen vagen Zeitpunkt irgendwann in der fernen Zukunft sieht. Manchmal nutze ich die Zeit, um notwendige Erledigungen auszuführen: Tanken mit Autowäsche inklusive Unterbodenschutz, kleine Inspektion mit Ölwechsel oder einen Besuch auf dem Recyclinghof (aber nur Sonnabend, damit es sich auch lohnt).

Später singen wir im Auto Zurückgebliebenen dann immer laut und falsch, ich klopfe nervös auf dem Lenkrad herum, während die Kinder gegen die Scheiben schlagen: „Liebe Mama komme bald, sonst werden unsere Füße kalt." Die Familie als Orchester. Eurythmie eben.

Kommt meine Frau dann endlich mit den Worten „ging schnell, oder?" wieder und reagiere ich nicht blitzartig zustimmend, wird das Ritual „Beleidigt sein" zelebriert.

„Dann gehe du doch nächstes Mal."

Sie nennt mich dann immer „Muffkopp" oder so ähnlich und macht mich für unseren relativ kleinen Bekanntenkreis verantwortlich. Dabei ist es so einfach, sein Kind abzuholen.

„Moin, will meine Tochter mitnehmen. – Komm, ich stehe im Halteverbot. – Tschüss."

Kein „Wie geht's? Haben die Kinder nett gespielt? Sie haben es aber schön hier. Wo haben sie denn diese Tischdecke gekauft? Wie war der Urlaub?" Dabei erkläre ich es meiner Frau immer wieder und wieder. Gebetsmühlenartig. Rhythmisch.

Im Mördersumpf

Früher war Ostern viel schöner. Keine Angst, das wird jetzt kein nostalgischer Aufsatz über eine Zeit vor dem Konsumterror, als Ostereier noch mit Knickebein und nicht mit Elektronik gefüllt waren.

Wir haben das Osterfest früher fast immer in Schweden verbracht. Eigentlich wollte ich das Wörtchen „fast" weglassen, doch dann fielen mir die Jahre ein, in denen wir noch einen Bioladen hatten und da war Ostern das beste Geschäft des Jahres, schöner als Weihnachten oder Silvester. Fröhlicher die Kasse nie klingelte und Ostersonntag erholten wir uns dann vom Geldzählen. Oder überlegten, was wir mit der zuviel bestellten Sahne anfangen sollten, weil die Kunden wegen des Schneesturms ausgeblieben waren. Osterwetter eben. Einmal mussten wir alle Geldscheine auf einer Leine im Garten trocknen, weil eine Flasche Sekt in die Kasse gelaufen war. Das sah recht nett aus.

Der Satz „Eigentlich wollte ich das Wörtchen. fast.." war von mir anders geplant. Irgendwie grammatikalischer, so wie „ die adjektivische Bestimmung „fast" ist an dieser Stelle falsch" oder so. Doch leider fehlt mir zu solchen Ausflügen in die Deutschstunde jegliche Fachkenntnis. Gelegentlich prahle ich mit der 6 und der 5 Minus, die ich bei Frau Bärwald in der 6. Klasse zu diesem Thema einfuhr. Meine beiden Ältesten fragen sich manchmal Dinge wie „Was ist der Satz „ Du hättest gestern einkaufen gewesen sein können". Dann sagt der andere „Plusquamperfekt oder Futur II, beide lachen und ich fühle mich ausgeschlossen. Und alles, weil Frau Bärwald zu blöd war, mir ihr Fachgebiet näher zu bringen.

Ostern in Schweden, das sind knallbunte Federn an Birkenzweigen an der Eingangstür. Das sind große Feuer und buntes Feuerwerk und Kinder, die als Hexen verkleidet sind. In dem Jahr, von dem ich berichte, fand der Sommer für Deutschland und Schweden im April, eben zu Ostern, statt.

Im hinteren Teil unserer schwedischen Ländereien – ich nenne sie mal so, um mich neben den Klassenkameradinnen meiner Kinder mit ihren Parkgrundstücken an der Alster nicht so klein zu fühlen – also hinten im Garten zwischen der große Fichte, der von Wild niedergetrampelten Steinmauer und der halbgestriche-

nen Scheune in Faluröd liegt die offizielle Feuerstelle. (Diese typische rote Farbe unzähliger schwedischer Holzhäuser wird übrigens entgegen der landläufigen Annahme nicht aus Ochsenblut, sondern aus Erde und Kräutern gemacht und sollte somit sogar veganischen Ansprüchen genügen). Generationen von Vorbesitzern haben an unserem Feuerplatz höchstwahrscheinlich alles verbrannt, was selbst sie nicht einfach über die Mauer in den Wald werfen mochten. Sollte man das Gelände einmal veräußern wollen, müsste man bestimmt mit aufwändigen Bodensanierungen in zweistelliger Millionenhöhe rechnen. So aber findet man beim Graben halbverkohlte Asbestplatten, obskure Kanister, glänzende Flüssigkeiten oder sonstiges undefinierbares Material aus vergangenen Jahrzehnten. Jedenfalls loderte in jenem Jahr dort unser Osterfeuer. Die Kinder und ich hatten abwechselnd Brandwache, denn das Gras war trocken und vor dem „Gräsbrand" hatte man im Fernsehen gewarnt. Meine Dritte, ein eher vorsichtiges Wesen, schrie mit besonderer Inbrunst, wenn kleine Feuerzungen es wagten, keck aus dem Steinring zu springen. Mit einer kleinen Patsche schlug sie wild darauf herum oder goß aus dem bereitgestellten Eimer Wasser darauf. Das meiste Wasser wurde allerdings dazu genutzt, den Kopf bis zum Kragen darin verschwinden zu lassen, um sich abzukühlen; sei es vom Toben oder weil man dem Feuer zu nahe gekommen war. Das Schöne am Lagerfeuer in Schweden ist ja, dass wir dort niemanden stören oder stören könnten. Zuhause gucken sofort die Nachbarn (auf den Kalender, die Uhr oder über den Zaun), ein qualmender Tannenzweig oder feuchte Blätter in der Glut stellen einen Anschlag auf die frisch gewaschenen Gardinen oder die Ziervögel in der Voliere nebenan dar. Können Nymphensittiche eigentlich husten?
Irgendwann verlor das Feuer seinen Reiz, ein Kind nach dem anderen verschwand im angrenzenden Wald und bald saßen meine Frau und ich allein da. Doch wenn man genau hinhörte, konnte man vielstimmiges Lachen aus Richtung Osten vernehmen, welches stetig anschwoll. Es schien von weit weg zu kommen, und irgendwann machte ich mich auf den Weg, um nachzuschauen. Zu meiner Überraschung kamen mir die Kinder völlig durchnässt entgegen. Sofort nahmen sie mich an die Hand und führten mich in den Sumpf zurück, der sich nach dem Winter

oder dem Sommer oder nach sonstigen Regenperioden auf der einen Seite des Grundstücks erstreckt. In den Löchern, die umgestürzte Bäume aufgerissen haben, sammelt sich dann braunes kaltes Wasser und man kommt nur durch Hüpfen von Grasbüschelinsel zu Grasbüschelinsel voran. Tritt man dazwischen, bleibt der Schuh stecken. Wenn man ihn überhaupt wieder herausbekommt, gibt es so ein herrlich versautes Schmatzgeräusch. Der Name „Mördersumpf" ist natürlich auf keiner Landkarte zu finden. Warum das Gebiet so genannt wird ist unklar. Höchstwahrscheinlich liegt es an markerschütternden Schreien, die des Nachts manchmal aus dieser Richtung kommen und einem Bein von einem Reh, das wir dort einmal fanden. Die Schreie stammen wahrscheinlich von einem Vogel, auch wenn die Kinder darauf beharren, dass ein pickelnasiger Waldtroll dort sein Unwesen treiben würde.

In einen der zahlreichen Wurzelballenseen jedenfalls sprangen die Kinder, kletterten wieder raus und warfen sich erneut in den Sumpf, klatschten sich Schlingpflanzen in die Haare oder legten sich, wie die Zeitung lesenden Hautkranken im Toten Meer, auf den Matsch. Meine Frau wurde auch noch geholt und nochmals wurden alle Möglichkeiten vorgeführt, die ein Sumpf so zu bieten hat.

Irgendwann klapperten dann aber doch die Zähne und wir beorderten alle nach Hause. Eine kleine Karawane zog Richtung Hütte, bei jedem Schritt feucht-schmatzende Geräusche verbreitend, völlig durchnäßt, aber sehr gut gelaunt.

Sofort wollte man hinein stürmen. Nur pantherartiges Eingreifen verhinderte Schlimmeres. Also zogen alle vor der Tür die Gummistiefel aus und gossen literweise braune Soße auf den Boden. Noch heute scheint mir dort das Gras grüner zu wachsen als anderswo. Die Klamotten, von denen wir bei Kurzurlauben nach irriger Ansicht der Kinder natürlich immer reichlich mit haben, mußten auch draußen ausgezogen werden. Das Geklapper der Zähne – oder waren es die Gelenke? – wurde stärker, doch wie einst der Sheriff in „Rambo" waren wir gnadenlos und spritzten letzte Pflanzenrückstände mit gutem, ehrlichem und sehr kaltem Quellwasser ab. Die Kleidungstücke, die wir dort mangels einer Waschmaschine nicht reinigen konnten, waren jedoch nicht zu säubern. In den guten Turmalinwollhemden oder Wolle-Seide-

Anzügen hatten sich jede Menge Pflanzenfasern verfangen, die praktisch nicht zu entfernen waren und die entsprechenden Teile auf Jahre hinaus bereicherten. Innovativere Geister als wir hätten daraus bestimmt Schlußfolgerungen gezogen, die zu grundsätzlichen Neuerungen in der Bekleidungsisolation oder Bekleidungsfärbung geführt hätten. Selbst Jahre später stößt meine Frau manchmal stumme Entsetzensschreie aus, wenn eines der damals benutzten Hemden die Ladung einer ganzen Waschmaschine mit schwedischen Waldverrottungsprodukten verseucht hat. Wie ein Waldtroll.

Morgens um sieben ist die Welt noch in Ordnung

Es ist früher Morgen, Werktag. Ich stehe in der Küche und belege meine Brote für den Tag. Mettwurst auf Schwarzbrot, regelmäßig. An der Tür kratzt die Katze und erhält einen Happen.
Plötzlich poltern kleine Füßchen die Treppe hinab. Sehr zum Unwillen meiner Frau, denn unausgeschlafen können alle unsere Kinder schwierig sein. Dabei ist doch bekanntlich morgens um sieben die Welt ja noch in Ordnung und es jedes Mal eine Freude für mich, den Tag mit meinen Kindern zu beginnen.
„Papa, will Schokoschnulz", säuselt eine meiner Töchter und setzt sich auf einen Kinderstuhl, den Küchenhocker als Tisch davor.
„Erst ziehst du Schuhe an!"
„Ich will-le nicht!"
„Warum nicht?"
„Weil ich nicht mag-cke!"
„Du musst aber."
„Warum?"
„Weil es hier kalt ist und du sonst Schnupfen bekommst."
„Aha."
Ein verständiges Kind.
Schuhe zieht sie aber keine an, nur manchmal kann ich sie zu Hausschuhen überreden. Mit einer Hand versucht meine Tochter dann umständlich, den Schlafanzug glatt zu ziehen, damit das angenähte Fußteil nicht faltig in den Hüttenschuh kommt. Sie kann das nur mit einer Hand machen, da mit der anderen der

Ersatzschnuller für den, der unaufhörlich im Mund rotiert, fest-
gehalten wird.
Wenig später kaut sie über beide Backen. Das Gesicht ist ver-
schmiert, denn Brote, egal welcher Größe, müssen grundsätzlich
quer in den Mund geschoben werden. Ein Naturgesetz.
„Wohin gehst du?" fragt sie, „zur Arbeit?"
Ich nicke.
„Wenn ich groß bin, wenn ich schon sechs bin, dann gehe ich
auch zur Arbeit."
Sie lehnt sich genießerisch mit der Weisheit eines Kindes zurück,
massiert etwas Nußnougatcreme in ihr Haar und stellt fest, dass
ihr Bauch sehr rund sei.
„Der Rest ist für dich, Papa."
Ich liebe diese Brotkanten, an denen weder Butter noch Nutella
ist. Reiner, bitterer Kanten. Aber halt: Manchmal bekomme ich
auch ganze Brotstücke mit.
„Für dich. Einwickeln," lautet die Anweisung
Ich schließe meinen Rucksack, während meine Tochter ihre
Schnullersammlung nimmt, um wieder nach oben ins Bett zu
verschwinden. Mit der Eleganz eines Trampeltiers. Wieso gehen
Kinder immer auf den Hacken? Bum bum bum.
Vorher umarmt sie mich manchmal.
„Komm her," sagt sie dann, drückt meinen Kopf an ihre Brust
und schmiert mir Schokoschnulz auf die Jacke.
„Tschüß, süßer Pabba."
Wie kann da der Tag da noch schief gehen.

Keuchhusten d´Europe

Es gibt so Tage, da klappt das gedeihliche Familienleben einfach nicht. Die Kinder streiten; untereinander oder mit uns Eltern. Wir meckern die Kinder an, weil sie streiten, die Kinder meckern uns an, weil wir sie anmeckern. Oder man meckert, weil es gleich wieder mit dem Streit losgehen könnte. Kommt das im Alltag vor, ist es unangenehm. Passiert das im Urlaub, ist es eine Katastrophe. Und so war es auch in den Ferien, von denen ich hier berichte. An der Währung werden Sie merken, dass es schon ein paar Jahre her ist.

Die miese Grundstimmung aus den Monaten vor den Ferien wurde damals eins zu eins mit in unser Häuschen nach Schweden genommen. Und dort ist es viel schwieriger, sich aus dem Weg zu gehen. Keine Zimmer, in die man den Hitzkopf schicken kann. Kaum Freunde, die besucht werden können. Keine Sportveranstaltungen, bei denen die Wut an einem Ball ausgelassen werden darf und nicht an der Schwester. Klar empfehlen wir, gegen Bäume zu treten oder Holz zu hacken, und eine Stunde im Plumpsklo kann den Bösewicht nachdenklich werden lassen. Meine Frau und ich finden es aber doch angenehmer, wenn es harmonisch zugeht.

Zu der schlechten Stimmung kam in jenem Sommer noch das Wetter. Ganz wie man sich die heiße Jahreszeit in Schweden so vorstellt. Regen, Wind, immerhin kein Schnee. An der Badestelle hingen Zettel, die auf die jährliche Schwimmschule hinwiesen. Vom Wetter schon sehr aufgeweicht. Wir staunten nicht schlecht, als zur angegebenen Zeit tatsächlich drei, vier Kinder und eine Betreuerin auftauchten, um im Wasser zu planschen. Das ging hoch her. War auch die einzige Chance, nicht zu erfrieren. Blaue Menschen mit Kastagnetten im Mund. Klapperdiklapp, klapperdiklapp. Ob die Eltern wohl Ruhe im Haus haben wollten? Das Ganze erinnerte mich an eine Reise nach England, auf der ich die Ureinwohner fragte, warum sie denn bei dem Schweinewetter, was dort vorherrschte, mit kurzen Hosen und Badelatschen herum laufen würden. Sie guckten völlig verständnislos und erwiderten, dass ja schließlich Sommer sei und da könne man keine Rücksicht auf das Wetter nehmen.

An einer Tür in unserem Häuschen in Schweden hing bald ein Zettel, von unserem Sohn geschrieben und handcoloriert, auf dem er flehentlich darum bat, nicht das wahr zu machen, was meine Frau und ich uns entnervt überlegt hatten: Wir wollten weg!

Drei Tage Streit bei Regen waren genug. Meine Gattin dürstet sowieso immer nach Sonne und auch ich wollte nun nicht mehr wie im Spätherbst mit Gummistiefeln herumlaufen, sondern mit Adiletten, wenn ich denn welche hätte. Wir wollten schnell in die Wärme. Unsere Drittgeborene hustete auch immer noch, wurde eine Erkältung nicht los. Auch ihr würden 25°C und trockenes Wetter gut tun.

Schnell waren die Sachen gepackt, vieles befand sich noch im Auto. Zurück in Hamburg setzten wir uns an den Computer und gingen ins Internet. Wir suchten die Gegend, die uns Wärme versprach und möglichst nicht soviel Autofahrerei bedeutete. Und wir wurden fündig. Der Gardasee lockte mit azurblauem Wasser, Sonne, zahlreichen Campingplätzen und viel Erholung für wenig Geld. In einer Hauruck-Aktion erstanden wir ein Zelt. Die vorausgehende Beratung am Rande unverschämter Sinnlosigkeit bei einem (oder dem?) größten Outdoor-Anbieter Deutschlands führte dazu, dass mein Schwager und ich Monate später einen Versandhandel für Zelte gründeten.

Dann ging es los, der Sonne entgegen.

Nach regenreicher Fahrt über die herrlichen deutschen Autobahnen in die wunderbar daliegenden Alpen empfing uns ein stundenlanger Stau unterhalb Schloss Neuschwansteins. Wir sahen Drachenfliegern zu und meine Frau machte die unerhörte Äußerung, dass „die Berge auch ganz nett sein können". In Österreich bauten wir unser neues Zelt zum ersten Mal auf. Riesig. Die Kinder matschten in einem Bach und wir aßen Backhendl in einem Berggasthof. Am nächsten Morgen kauften wir Schwarzbrot von der Farbe hellen Weizentoasts. Das Wetter besserte sich. Unser Bus erklomm die Alpen mit der Geschwindigkeit von Hannibals Elefanten. Trotzdem gelang es an einer, zugegeben engen, Stelle einem Holländer, mit seinem Spiegel eine Erinnerung über die ganze linke Seite unseres Wagens zu zeichnen. Erst die Tatsache, dass mittlerweile sehr gute Fußballer aus unserem Nachbarland beim Hamburger SV gegen den Ball treten, hat meine Wut nach Jahren abgemildert.

Dann war es geschafft. Der See tat sich vor uns auf. Jedenfalls das, was der Gardasee sein sollte. Wir sahen nämlich nur Surfer. Kein Wasser. Ich glaube, man konnte trocknen Fußes übers Wasser wandeln. Neueste Studien an einem Handtuch beweisen angeblich, dass Jesus Italiener gewesen war und eine Surfschule in Riva hatte. Doch wir wollten keine Kultur, wir wollten nur eines: Kurz unser Zelt aufbauen und dann ab ins Wasser. Aber keine Chance. Menschen schoben sich über die Gehwege wie zum Winterschlussverkauf in der Hamburger Innenstadt. Ein einziger Stau um den See. Zwölf Meter lange Reisebusse, die auf fünf Meter breiten Straßen wenden wollten. Der Anblick der Blechlawine, die links und rechts der Straße jeden halbwegs freien Fleck zum Parkplatz deklarierten, erinnerte fatal an Bilder nach der Maueröffnung: Trabbi an Trabbi auf den Straßen am verkaufsoffenen Sonntag. Nur dass uns keiner Willkommensgeschenke überreichte. Die Campingplätze? Meistens schmale Streifen, vom Berg in mühevollen Jahren abgerungen mit Parzellen von der Größe unseren Badezimmers. Unser Badezimmer ist sehr klein. Aber unser Zelt war sehr groß. „Big One" hieß es und machte seinem Namen alle Ehre. Wenn wir die Luft aus den Reifen lassen, hätte unser VW-Bus da rein gepasst. Für dieses Monster der Outdoor-Wirtschaft gab es am Gardasee einfach keinen Platz. Wir hätten auch zwei Parzellen gemietet, doch daran war erst recht nicht zu denken. Irgendwann machte sich pure Verzweiflung breit. Wir lenkten den Wagen auf den soundsovielten Platz. Der Wächter gestikulierte wild. Italienisch. Alles voll. Ich fiel in den Staub. Bitte. Wir wollten nur mal das Wasser berühren. Wir haben auch Geld. Der Mann war die Güte selbst und ließ sich erweichen. Aber nur kurz. Raus aus den Klamotten und zum Wasser. Vor das Vergnügen hat der Herr jedoch den Schmerz gesetzt. Am Gardasee in Form von heißen, großen Kieseln. Wenn man unerfahren ist und keine Badeschuhe besitzt, eine harte Schule. Doch das Wasser war herrlich. Warm. Klar. Wunderbar. Wir dankten dem Mann und kauften noch ein paar Eistüten. Trotzdem hatte er keinen Platz für uns frei. Also weiter. Erzählte ich schon von der Blech-Karawane? Der Gardasee gefiel uns nicht. Vielleicht tun wir der Gegend unrecht, aber nach Stunden im Stau gaben wir auf und beschlossen, dort auf keinen Fall zu bleiben, sondern dahin zu fahren, wo es erwiesenermaßen schön ist: An die französische Atlantikküste. Geografielehrer unter den Lesern oder Routenplanerinnen des ADAC merken, dass dieser Entschluß nichts mit der Idee, möglichst wenig Auto zu fahren, gemein hat. Doch Konsequenz ist nicht unser Stil und ein italienischer Tankwart, dem wir erst seine Dieselvorräte eines ganzen Jahres abkauften und der uns dann noch um ein paar Millionen, Milliarden oder Fantastilliarden von Lira betrügen wollte, ließ uns das Land von Pizza und Ferrari noch schneller verlassen als man unserem roten Renner zugetraut hätte. Unsere Dritte durfte ihn noch mal kurz anhusten und dann „gib Gummi, Schummi". Den kleinen Rest der Tour von ein paar Tausend Kilometern ohne nennenswerte Unterbrechungen verlebten wir wie im Schlaf. Tunnel um Tunnel an der Cote d'Azur. Nach jedem Berg eine Mautstelle, die die Kinder schläfrig aufblicken ließ. Die lieben Kleinen haben ein untrügliches Gespür für niedrige Drehzahlen und das Sich-Öffnen der Fenster.

„Was'n'los?"

„Schlaft weiter, alles in Ordnung."

„Papi, wo sind wir? Sind wir gleich da?"

„Ja, nur noch ein paar Stunden."

„Wann halten wir an, Mama?"

„Wenn der Tank leer ist."

Doch irgendwann geht jede Fahrt zu Ende und so erreichten wir schließlich den Atlantik und verlebten einen wunderbaren Urlaub auf einem Zeltplatz am See. Erholung pur. Camping ist toll. Die Kinder waren selten gesehen. Das kann seinen Teil dazu beigetragen haben. Wir bemerkten sie nur kurz, wenn sie Geld für ein Eis brauchten oder uns Freunde vorstellten, deren Eltern sich dann als entfernte Bekannte aus Hamburg herausstellten, die unbedingt einen gemütlichen Grillabend mit uns verleben wollten.

Eine Freundin von unserer Ältesten war zufällig ein paar Kilometer weiter auf einem anderen Campingplatz. Der war landschaftlich noch schöner gelegen, mit allem Luxus, gar nicht so teuer, direkt am Meer. Nur leider waren dort alle nackt. So lernten wir vom Vater der Freundin, als er uns mit dem Wagen vom Eingang abholte, beim Aussteigen zuerst seinen Penis kennen, dann ihn selbst. Ich würde mich nicht als prüde bezeichnen, doch der Anblick sich bückende Boule-Spieler, die nur Tennissocken und Collegeschuhe tragen, ist mir immer noch in guter Erinnerung. So richtig wohl fühlten meine Frau und ich uns dort nicht und was unsere Kinder, die nach dem Sport in öffentlichen Turnhallen schon einmal in Badehose oder Bikini duschen, über den Campingplatz dachten, können Sie sich denken. Man war dort aber zumindest tolerant und durfte als Gast seine Hosen anbehalten. Das kann nicht jeder Mann in seiner Ehe von sich behaupten.

Weitere Einzelheiten dieses Urlaubs sind Stoff für ein eigenes Buch und deshalb berichte ich sie an dieser Stelle nicht. Außerdem stehe ich in Kontakt zu einem holländischen TV-Produzenten über die Fernsehrechte und möchte die Verhandlungen nicht gefährden. Der Titel könnte lauten „Unter Nackten" und würde die Geschichte einer Familie beschreiben, die 106 Tage angezogen in einem FKK-Supermarkt überlebt, nur von Dutzenden Kameras überwacht.

Wir hatten jedenfalls viel Spaß und unsere hustende Dritte kurierte so langsam ihre Bronchialbeschwerden aus. Rückblickend kann es allerdings sein, dass die Zeltnachbarn an ihren Hustenanfällen in der Nacht nicht ganz so viel Spaß gehabt haben. Diese Zeltwände sind ja nur unwesentlich dicker als die Mauern im sozialen Wohnungsbau. Anderseits gingen die spanischen Nachbarn erst kurz nach dem Abendbrot, so um drei Uhr nachts, ins Bett und schliefen dann wohl zügig ein.

Auf der Rückfahrt ließ sie noch ein paar Tuberkeln in Belgien und nach unserer Heimkehr von dieser wahren Mammut-Tour und der Diagnose des Kinderarztes, dass die nicht auskurierte Bronchitis in Wirklichkeit ein ausgewachsener Keuchhusten war, mit dem wir eine röchelnde Spur durch Europa gezogen hatten, stand der Name der Urlaubsmusikkassette diesmal fest (Wir nehmen immer vor längeren Autofahrten Kassetten mit Liedern diverser CDs auf, um nicht ausschließlich „Die Kinder von Bullerbü" oder „Bibi und Tina" hören zu müssen.): Keuchhusten d´Europe!

Freiluft (vielleicht nur für Handballer verständlich)

Montagmorgen, halb sechs. Ich quäle mich aus dem Bett zur Dusche. Der Rücken schmerzt. Der Arm tut weh. Das heiße Wasser brennt auf der von zuviel Sonne geröteten Haut. Hurra, die Handball-Freiluftturnier-Saison hat begonnen. Nicht dass Sie denken, ich hätte gespielt: Ich war nur Zuschauer....
Rückblende.
Sonntagmorgen, halb neun. Ich quäle mich aus dem Bett zur Dusche. Meine Frau bleibt noch ein wenig liegen, denn es ist Muttertag! Die Kinder aber müssen zum Turnier. Erste Diskussionen. Sie wollen nichts essen, nichts trinken, nichts mitnehmen. Wo ist der Ball? Hast du deine Sportschuhe? Wer hat die Jacke gesehen? Wo ist die Trainingshose? Habt ihr euren Kopf dabei??? Im Auto geht es weiter. Darf ich vorn sitzen? Wieso der zuerst? Wo ist mein Ball? Der Mannschaftskamerad aus der Nebenstraße kommt uns schon entgegen, völlig verschlafen.
„Hab' bis ein Uhr fern geguckt!"
„Dann konntest du ja noch fast sieben Stunden schlafen."
„Danach war ich am Computer."
Tolle Vorbereitung. Na, bis Spielbeginn ist noch Zeit zum Wachwerden.
Vor dem Sportplatz die übliche Suche nach dem Parkplatz. Was sind das bloß alles für Frühaufsteher. Autonummern aus Stade, Lübeck, Kasachstan. Die haben sich wahrscheinlich hier schon gestern hingestellt, um mir meinen Parkplatz wegzunehmen. Wie deutsche Urlauber am Pool in Palma de Mallorca mit ihrem Handtuch auf der Sonnenliege. Ich quetsche mich neben einen anderen VW-Bus. Millimeterarbeit. Es lebe der einklappbare Außenspiegel und die Schiebetür.
Auf dem Platz suchen wir die Mannschaften. Ein Feldlager wird aufgeschlagen. Diesmal bin ich vorbereitet. Kühltasche mit Getränken, Äpfel, Brote. Eine Strandmuschel gegen die Sonne. Die Kinder ziehen sich um. Wo ist mein Ball? Hast du meine Sportschuhe gesehen? Wo ist mein Kopf???
Der Sohn ist erst später dran, doch für die Tochter geht es gleich los. Heute will ich ruhig bleiben. Das Wetter ist gut, die Kinder

bewegen sich. Man quatscht am Spielfeldrand mit anderen Eltern. Der Gegner geht in Führung. Die Tochter wird mehrfach von hinten geschubst. Der Schiedsrichter merkt nichts. Pfeift nur für die anderen. Pfeift so leise, dass man ihn nicht hört. Was für ein Idiot. Alle brüllen auf ihn ein. Er tut mir leid. Der arme Kerl. Dabei brauchen wir sie doch, die Unparteiischen. Wem sollen wir sonst die Schuld geben? Unsere Mädchen müssen sich erst an den Boden gewönnen. Nicht prellen, passen. Na gut, nun wird wirklich gar nicht mehr getippt. So entwickelt sich ein ganz eigenes Spiel, die volle Größe des Platzes ausnützend, Ball wieder zurück zum eigenen 6-Meter-Raum. Mit beiden Händen, von unten. Wie beim Rugby. Der Trainerstab (= 1 Trainerin + 12 Eltern) kreischt. Doch dann kommen unsere besser ins Spiel, drehen die Begegnung und gewinnen. Der junge Schiedsrichter schleicht von dannen. Die Mädchen jubeln. Pause. Bis zum nächsten Spiel nur eine Stunde 47 Minuten. Pünktlich mit dem Schlußpfiff kommt auch meine Frau. Sie musste nur zwanzig Mal um den Block fahren, um einen Parkplatz zu finden. Mal sehen, ob sie nachher ausgerufen wird: „Die Halter des Fahrzeugs mit den Nummern HH-XY 0815 wird gebeten, sein Auto aus der Feuerwehrzufahrt zu entfernen."

Die Sonne brennt sich langsam auf Betriebstemperatur. Endlich greift auch der Sohn ins Turnier ein. Die Pausen werden etwas kürzer. Ermahnungen: Kinder, ihr müsst trinken. Esst etwas! Man stopft eine Banane rein wie bei einer Mastgans auf dem Weg zur Leberpastete. Eltern und Betreuer stärken sich mit Bier und Zigaretten. Sport ist gesund. Wie schön, dass die Kinder Vorbilder haben. Obwohl es ein Handballturnier ist, laufen 3 Beckhams, 4 Figos, mehrere Barbarez (egal wo er spielt) und ein Zidane herum. Wo sind Kretschmar, Hens oder Gille?

Die Tochter ist ausgeschieden und fährt mit meiner Frau nach Hause. Ich werde die Stellung halten bis zum Letzten. Mittlerweile schmerzt mein Rücken. War doch nicht so gut vorbereitet. Nächstes Mal den Campingstuhl nicht vergessen. Ein anderer Vater leiht mir in den länger werdenden Pausen seine Zeitung. Die Welt am Sonntag ist besser als nichts und beschreibt im Reiseteil die Sonne Istriens. Dabei ist hier Sonne genug. Meine Haut rötet sich. Das gibt einen prima Sonnenbrand. Vormerken auf der Liste für das nächste Jahr: Sonnenschutzcreme, Lichtschutzfaktor 32.

Die Kühltasche hat mittlerweile ihre Funktion umgedreht und speichert die Wärme. Die Iso-Getränke kochen. Apfel im Schlafrock. Das erfrischt.

Das Schlimmste trifft ein. Es geht bis ins Finale. Das wird zwar verloren, doch mein Sohn ist fröhlich und mit sich zufrieden. (Nichts ist schlimmer, als nach einem anstrengenden Turniertag mit einem Sohn nach Hause zu fahren, der stänkert, weil er zu wenig gespielt hat oder vom Trainer im Hinblick auf seine Laufbereitschaft belehrt worden ist.) Als Preis für den 2. Platz gibt es eine eklige Cola. Ich schleppe den schweren Trikotkoffer (Model „Bandscheibentod" aus Edelstahl mit Blei-Intarsien) zehn Kilometer bis zum Auto und zerre mir dabei den Arm. Die Trikots waschen darf meine Frau. Sie soll ja auch etwas vom Turnier haben. Ist ja Muttertag.

Weg da! Bahn frei!

Ein Wintermärchen.

Die funkelnden Sterne am Firmament warfen ihren leuchtenden Schatten auf den Schnee, der wie Millionen von Diamanten glitzerte. Eine beruhigende Stille umfing mich und nur hier und da knackte eine Tanne unter der Last der weißen Pracht. Der Winter umfing mich mit all seiner Macht.

So, diese poetische Einleitung musste ich einfach mal loswerden. Eigentlich war ich auf dem Weg zu den Kaninchen, um ihnen Futter zu bringen. Für die Nacht waren wieder unter −10 °C angekündigt und die Fürsorge meiner Tochter für ihre ehedem heiß ersehnten Tiere hält sich in starken, von augenblicksgesteuerter Lust geprägten, Grenzen. Da muss man als Vater und Tierfreund schon mal einspringen, damit die armen Tiere nicht zu mager werden.

Ich stolperte natürlich über einen Roller, den irgendjemand hatte einfach auf dem Rasen liegen lassen. Er war nun, wie ein Schiffswrack an der namibischen Skelettküste, halb unter dem Schnee verborgen und bildete eine prima Fußfalle.

Überall im Garten standen Schlitten. So wie man hört, führte der Wintereinbruch zu Engpässen im Wintersportbedarfshandel. Wahrscheinlich sollte man demnächst nicht nur Fahrräder, sondern auch die Schlitten anketten, um weiterhin in den Genuss lustiger Schlittenpartien zu kommen. Neulich zeigten sich bereits verräterische Fußspuren quer durch unseren Garten.

Wir waren beim letzten großen Schnee an einem Hang am Ufer eines kleinen Flusse nicht weit weg von uns rodeln. Morgenstund' hat Gold im Mund, heißt es, und das stimmt auf jeden Fall am Rodelberg. Ungestört kann man seine Bahnen ziehen, kreuz und quer, wie man will. Der Schnee ist beim Wiederaufstieg noch griffig. Doch nach und nach kamen immer mehr Familien aus allen Himmelsrichtungen heran, wie magisch angezogen von der Verheißung fröhlicher Steißbeinprellungen und blauer Flecken an Armen und Beinen. An manchen Stellen war der Schnee blutrot. Aber keine Angst: Es war Glühwein, der auf den Schlitten und in den Rucksäcken duftete. In Tüten und vor allem Plastikdosen wurden die Restbestände der Weihnachtskekse herangeschleppt, so dass man sich wie auf einer großen Freiluft-Tupperparty vorkam. „Ach, hast du auch das praktische Naschkätzchen? Einen Schluck Punsch aus meiner neuen Halb-Liter-Kanne?"

Während man also über dem Hang stand und sich die Kinder tollkühn bergab stürzten, konnten sich Mütter und ein paar Väter über Gott, die Welt und Edward Tuppers Erfindungen austauschen. Um nicht festzufrieren, musste man sich zwar mal bewegen, doch mit langen Unterhosen und ausgeprägter Zwiebeltechnik sah man vielleicht aus wie ein Michelin-Männchen, war aber friertechnisch ganz weit vorn.

Apropos Tupper: Neulich waren wir im Kino. Ein Getränk und eine mittlere Popcorn sind da ja bekanntlich teurer als der gesamte Eintritt für unsere vielköpfige Familie. Begeistert war ich allerdings, als meine Schwägerin mir plötzlich koffeinhaltige Kaltgetränke und dann allerlei Naschwerk aus Tupperdosen anbot. Ich hatte mich schon über ihre enorme Handtasche gewundert. Eine wieder andere Tupperparty in der Loge, Platz 10-14, UCI-Kinowelt.

Ich wollte eigentlich von dem tollen Schlittenfahren berichten. Von weitem hörte es sich an wie im Freibad. Kinder kreischten, alle riefen „Weg da" oder „Bahn frei" und kleine und große Jungs und Mädchen versuchten in Schlitten aller Arten und Farben, vom Klassiker „Davos" über den futuristischen Raumschiff-Enterprise-Schlitten bis zum Müllbeutel über die letzte Kuppe hin zum eiskalten Fluss zu rutschen. Manchmal warfen einen die tiefgekühlten Maulwurfshügel aus der Bahn, doch Tränen kennt man hier nicht. Höchstens, wenn einem der Schlitten aus der Hand gerissen wird, just in dem Augenblick, in dem man gerade wieder oben angekommen ist. Schade nur, das einige Väter wie eine Horde wild gewordener Auerochsen über die Bahn donnerten und alles, vom verschreckten Kleinkind bis zum Opa mit der Enkelin, aus der Bahn brüllten. Es lebe der Sport. Ihr Pistenrambos, dachte ich, es gibt auch alkoholfreien Glühwein!
Zum Abend hin wurde es aber wieder ruhig und im Dunkeln fuhren nur noch ein, zwei verliebte Pärchen und wenige Kinder mit uns über den mittlerweile schneefreien aber eisglatten Hang, der eher an eine schräg gestellte Schlittschuhbahn erinnerte. Als die Kinder dann doch überredet werden konnten, nach Hause zu fahren und in unseren Bus einsteigen wollten, waren fast alle Türen zugefroren. Also alle Mann durch die Fahrertür, mit nassen Stiefeln über die Vordersitze und nach hinten gekrabbelt; Schlitten, Eismützen und steif gefrorene Handschuhe hinterher geworfen. Als wir endlich zuhause waren, fing die Heizung auch schon an, Wärme zu produzieren, so dass wir die Türen wieder aufbekamen und die Schnee- und Eisreste nicht aus dem Auto fegen mussten, sondern der Schmelzwasserstrom bequem herauslaufen konnte. Um sich vor der Tür zu einem romantisch im Mondlicht funkelnden See zu vereinigen, der sich am nächsten Morgen zu einer prima Stelle zum Ausrutschen vereinigt hatte. Auf der man sich toll den Steiß prellen konnte.
Ein Wintermärchen.

Meine Frau, die Bromelienkrabbe

Manche Dinge verstehe ich einfach nicht. Wieso zum Beispiel tritt bei der Berechnung der elektrischen Ladung zweier Kondensatorplatten die Influenzkonstante As/Vm als Proportionalitätsfaktor auf? Warum stelle ich mich im Supermarkt immer in die Schlange, in der der Kassiererin die Kassenrolle ausgeht? Und warum sieht unser Haus immer so aus wie unser Auto? Von innen jedenfalls. Von außen ist es dasselbe – mit beiden fahre ich nicht durch die Waschstrasse, sondern warte auf Regen. Der ist sauer und reinigt porentief.

Jeden Abend räume ich auf. Diese Doppelbelastung. Meine Gattin, bekanntlich nur Hausfrau und Mutter, sitzt den ganzen Tag auf dem Sofa, liest kitschige Romane von der Seitenstärke des Hamburger Telefonbuchs (Ausgabe A-K und L-Z) und trinkt dazu Getreidekaffee. Das jedenfalls behauptete eine unserer aufmerksamen Töchter und erntete mit dieser Aussage allerlei Lacher im Kreise der Supermuttis beim Abholen aus dem Kindergarten. Kindermund tut Wahrheit kund, sag´ ich mal, und belehrte meine Frau, dass ich den ganzen Tag in der Firma sitze, mich mit inkompetenten Kollegen herumschlagen muss und Tag ein, Tag aus dusselige Anfragen vom größten Feind des deutschen Kaufmanns bearbeiten muss: Dem Kunden. Wieso meine Tochter, die vorlaute Göre, neulich auf einem Kindergeburtstag erzählt hat, dass ihr Vater immer vor dem Fernseher sitzen und Cola trinken würde, ist mir schleierhaft. Da muss meine Frau mal eingreifen und bei der Kindergärtnerin die Sache richtig stellen.

Aber es ging ja um die häusliche Ordnung. Ich gehe um halb sieben aus dem Haus und da ist alles perfekt. Und wenn ich abends wieder zurück komme, schlägt mir das Chaos pur entgegen. Erst stolpere ich über die klobigen Stiefel der Kinder und deren Besucher, in der Küche stapeln sich die Schüsseln mit Müsliresten und die Wäsche ist auch nicht zusammengelegt. Das Wohnzimmer sieht aus wie ein Seminarraum an der Universität: Überall Bücher, Hefte, lose Zettel. Ausgebreitet und nicht weggeräumt.

„Was beschwerst du dich, Papa, immerhin habe ich Schularbeiten gemacht.“

„Warum nicht in deinem Zimmer?“

„Da ist es so unordentlich. Außerdem habe ich keinen Fernseher.“

Meine Frau hat kein Verständnis, dass ich mich über das kreative Chaos nicht freuen kann. Stattdessen erfahre ich, dass sie den ganzen Tag die Kinderzimmer aufgeräumt hat und nicht mal Zeit fand, um zu kochen.

„Toll, während du die Kinderzimmer aufräumst, verwüsten die unser Wohnzimmer.“

Sie versteht meinen Einwand nicht und berichtet stolz von Schätzen, die sie beim Aufräumen gefunden hat:

Vier komplette Kartenspiele, eine Zahnklammer, mehrere Monopoly-Hotels, zwei Zwiebelschneider, ein lang vermisstes Gemüsemesser, acht einzelne Socken, fünf Fahrradschlüssel, zehn Apfelknuste, Hamburger Speck, Deutsche Mark, Peseten. Mehrere Brillen, deren Dioptrienzahlen längst nicht mehr stimmen.

„Und warum räumen die Kinder nicht selbst auf? So lernen sie es nie.“

„Weil sie nur alles in die Schränke stopfen und die herumliegenden Essensreste gesundheitsschädlich sind.“

An die Enttäuschung, wenn unsere kleinen Nager an ihre versteckten Vorräte wollen, denkt sie gar nicht. Stattdessen berichtet sie weiter von ihrem heldenhaften Einsatz und vergleicht sich mit der südamerikanischen Bromelienkrabbe, die ja bekanntermaßen in den Blattachseln der ananasähnlichen Bromelie lebt. Vor der Eiablage reinigt sie die Pfützen von Fäulnisprodukten und reduziert den schädlichen Säuregehalt des Wassers durch die Beilage von leeren Schneckenhäusern. Jetzt weiß ich auch, warum wir von jedem Urlaub an der See tonnenweise Muscheln und Schnecken nach Hause bringen.

„Ich habe auch die Betten in den Kinderzimmern neu bezogen und alle einhundert „3 ???“ Kassetten einsortiert,“ rechtfertigt sie sich leise.

Doch mir kommt ein Lob einfach nicht über die Lippen, da mir die Unordnung in der Küche bis zur Nase geht. Obwohl ich nach dem Studium diverser Psychologiebücher weiß, dass sie zurzeit auf der Partnerebene Anerkennung einfordert und mir nicht nur berichten will.

Manche Dinge will ich einfach nicht verstehen.

Ballkönigin

Ein Bekannter berichtete neulich von einer Feier, zu der wir eigentlich gemeinsam gehen wollten. Ich bin über vierzig und damit nicht mehr der jungen Zielgruppe zugehörig und darf nun mit gutem Gewissen „Bekannte" haben. Menschen, die keine Freunde sind. Die ich zwar ganz gut kenne, vielleicht sogar mag, vor denen ich aber noch nicht zugegeben habe, dass ich gern Rosamunde Pilcher Verfilmungen angucke oder warum ich nicht tanze.

Als ich gehört hatte, dass es sich bei der Feier um eine Tanzveranstaltung handeln würde, bekam ich praktischer Weise eine Magen-Darm-Verstimmung und musste den Abend leider vor dem Fernseher mit Cola und Salzstangen verbringen. Jedenfalls erzählte der Bekannte hinterher, dass man über seine Tanzkünste ganz offen feststellte, dass er „wohl nicht so oft tanzen würde". Mein Selbstbewusstsein ist nicht so groß und deshalb meide ich entsprechende Gelegenheiten. Außerdem könnte dort ja jemand stehen wie ich, einer, der sich über die unmöglichen Verrenkungen oder mangelndes Musikgefühl anderer Leute lustig macht.

Schon der bekannte (nicht der Bekannte) Rainer Ruß stellte vor Jahren fest, dass der Tanz eine Kommunikationsform bietet, die diskret und zugleich direkt ist. Diskret, da nicht in der Sprache mit Worten, die die Quelle von Mißverständnissen sein kann. Und direkt, da es leichter fallen dürfte, im Tanz verschiedene Gefühlsregungen zu äußern. Soweit Rainer Ruß. In einem hat er Recht: Unmissverständlich äußerten meine Tanzversuche von jeher die Gefühlsregungen Hass, Abneigung, Widerwillen.

Mein Coming out hatte ich mit vierzehn oder fünfzehn. Engtanzfeten im Partykeller von meinem Freund Micky. Rod Stewart krächzte unaufhörlich „I am sailing" und nach der tausendsten Runde mit Karen Nicolaysen sagt die mir plötzlich, dass ich für sie eigentlich zu klein und wohl auch nicht sehr talentiert wäre. Schluss, aus, vorbei. Meine Jungmännerträume in Bezug auf Karen stoben dahin und aus einer Tanzkarriere a la Fred Astaire sollte auch nichts mehr werden. Mit einem Satz: Die Tanzwelt hatte wieder ein hoffnungsvolles Talent verloren. Mein halbherziger Versuch, die Sache doch noch in Gang zu bekommen (also das mit dem Tanzen, Karen war mir für andere Dinge zu groß) endete in einem weiteren Fiasko: In der Dorfdisco hatte ich mich vorsichtig an den Rand der Tanzfläche herangearbeitet, um zu sehen, mit wem mein Schwarm da unterwegs war. Ausgerechnet diese Disco wurde aus nie geklärtem Grund von irgendwelchen Jungbauern der Gegend überfallen. Sie warfen mit Gülle gefüllte Beutel auf die Tänzer. Nun raten sie mal, wer etliche Tropfen davon abbekam und noch tagelang nach Dithmarscher Sattelschwein roch!

Selbst auf meiner eigenen Hochzeit wurde aufgrund meiner allgemein anerkannten und psychotisch bedingten Tanzabneigung auf den obligatorischen deutschen Hochzeitstanz (Walzer) verzichtet. Stattdessen fanden wir uns alle in der Mitte des Raumes ein und bewegten uns zu einem jüdischen Vermählungstanz. In der Anonymität der Gruppe blieb ich wenigstens unerkannt und diese Mischung aus Square Dance und lockerem Aufwärmtraining korrespondierte wenigstens mit meiner Liebe zum Sport. Die Liebe meiner Frau gilt (neben mir) allerdings dem Tanz und so ist es ein Wunder und ein Rat an alle heiratswilligen Tanzmuffel, die Ehe mit einem mysteriösen Gruppentanz zu beginnen und nicht mit dem Wiener Walzer. Die Scheidungsstatistiken sprechen für mich.

Einen letzten Versuch unternahm ich dann doch noch, meinen Schwur, ich tanze erst und nur wieder auf den Hochzeiten meiner Kinder, zu brechen. Berauscht von übergroßer Liebe zu meiner Frau schenkte ich ihr einen gemeinsamen Tanzkurs in der Tanzschule unseres Vertrauens. Die ersten Stunden ertrug ich noch ganz gut und den Walzergrundschritt kann ich immer noch, als wir jedoch mit wechselnden Partnern tanzen sollten, verließ ich fluchtartig das Etablissement und ward nie mehr gesehen. Seit dem schlummerte das Thema ruhig in der Ecke wie die kleinen Ballettschuhe meiner Frau.

Bis sich unsere älteste Tochter zu einem Tanzkurs angemeldet hat. Zufälligerweise in derselben Tanzschule. Ich persönlich glaube ja, dass es sich mit der Tanzstunde so verhält wie mit der Konfirmation: Geht es bei der einen Sache nur vordergründig um Religion und statt dessen um viel Geld, spielt bei der Tanzstunde das Erlernen von Walzer, Tango oder Foxtrott nur eine untergeordnete Rolle. Es geht einzig und allein um den Abtanzball, einer hell strahlenden Verheißung von Glanz, Glück und neuen Kleidern. Denn für den Ball im CCH benötigt man etwas ganz Besonderes zum Anziehen und nichts aus dem Schrank – schon gar nicht das Outfit von der Konfirmation. Und meine Frau unterstützt das Ganze auch noch – Einkaufen macht ihr fast soviel Spaß wie Tanzen. Ich glaube fast, dass da ein ganz klein wenig Rache im Spiel ist. Sie kann mir mit dem Geldausgeben für das Tanzen ein wenig von dem zurückzahlen, was ich ihr nie gegeben habe.

Höhepunkt war die Entdeckung eines preisgünstigen Ladens für ausrangierte Designerklamotten von Fernsehstars. Verschwörerisch gackernd fuhren mein Frau und meine Tochter mehrfach dorthin und kauften den halben Bestand auf. Es wäre ja soooo preiswert. Zugegeben, beide sahen in ihren neuen Sachen (reicht für mehrere Abtanzbälle!) todchic aus, meine beiden Ballköniginnen, doch die wirtschaftliche Bilanz der Veranstaltung liest sich wie die Ökobilanz einer Pfandflasche aus Glas: Gegen den Umwelt-Gedanken muss man Fahrkosten, Reinigung und Menge mal Einzelpreis verrechnen.

Und dann kam der Tag der Tage. Der Ball der Bälle. Meine Hoffnung auf einen jüdischen Gruppentanz sollte sich nicht erfüllen und in weiser Voraussicht erinnerte ich an meinen Schwur: Da es sich nicht um die Hochzeit, sondern den Abtanzball handeln würde, andererseits traditionell ein Vater mit der Tochter dort tanzen muss, nahmen wir meinen Schwiegervater mit. Enkeltochter, Sie verstehen. Ich bin aber auch ein Fuchs!

Ich habe gelesen, dass das Tanzen im Sitzen besonders in der Altentherapie immer beliebter wird. Es gäbe kaum ein Medium, bei dem so viele positive Effekte erzielt werden können: Förderung von sozialen Kontakten, Steigerung der Lebensfreude, verbesserte körperliche und geistige Beweglichkeit. Die Bestätigung fand ich auf dem Abtanzball.

Anfänglich bevölkerten tausende Teenager jeden Quadratzentimeter des Parketts. Wie eine Laola im vollbesetzten Azteken-Stadion von Mexiko City brandete eine Masse aus den Saisonfarben Blau (Jungs) und weinrot (Mädchen) durch den Saal. Individuen waren nicht mehr zu unterscheiden und es dauerte lange, ehe wir von unserem Platz auf der Empore die eigene Tochter ausmachen konnten. Es war die mit dem Gesichtausdruck wie nach einer Wurzelbehandlung ohne Betäubung. Wahrscheinlich war ihr der Partner zu klein oder zu untalentiert. (Nein, sie heißt nicht Karen Nicolaysen!) Ganz allgemein schien der Tanz für die Jugendlichen eher störendes Beiwerk zu sein. Der gesellschaftliche Aspekt, das zur Schau stellen von sich und der Kleidung stand eindeutig an Nummer 1 der Rangliste, dann kam das übrige Accessoire wie Tasche und Handy und kurz nach dem Haarschnitt und der Nagellackfarbe spielte dann auch die taktvolle Bewegung zur Musik eine kleine Rolle.

Doch wir Zuschauer hatten unseren Spaß. Ich wippte sogar mit den Füssen zu flotter NDR2-Musik einer Bigband, was bei mir fast schon einem Tanz gleichkam. Nur eben im Sitzen. Ich werde schließlich auch nicht jünger, wie mir mein körperlicher Allgemeinzustand am Morgen nach z.B. einem Handballspiel deutlich zu verstehen gibt. Auch sonst unterhielt ich mich prima, tauschte mich mit den Eltern anderer Tanzschul-Absolventen zu den horrenden Getränkepreisen aus

Da die Anonymität der tanzenden Masse wirklich imposant war und ich vorlaut sagte, dass sogar ich in dem Gedränge nicht auffallen würde, hätte mich meine Frau einmal fast auf die Tanzfläche gelockt. „Schatz, lass uns einen Happen essen", schlug sie vor und zog mich nach unten in den Verpflegungsbereich, gefährlich nahe an der Tanzfläche vorbei. Doch ich merkte die Falle rechtzeitig und konnte nach dem Verzehr sündhaft teurer Frikadellen aus Mehl und etwas Fleischbrät gerade noch zu unserem Sitzplatz und meiner homöopathischen Cola zurück entwischen. Um zu erleben, wie der Tanzschuldirektor mit sicherem Blick einen Herrn aus der Menge pickte und der Fläche verwies, weil er kein Sakko angezogen hatte. Wie ein geprügelter Hund zog sich dieser unter den Blicken tausender Menschen zurück an seinen Platz. Mich hätte der Obereintänzer wahrscheinlich mit den Worten „Könnte der Dilettant mit dem unpassenden Outfit bitte den Saal verlassen!" zum Versinken in den Boden gebracht.

Nachdem ein ehemaliges Meisterpaar in einem der unzähligen „Show acts" alle meine Vorurteile dem Tanzsport gegenüber gebündelt bestätigt hatte (affektierter Gesichtsausdruck, lächerlich abrupte Wendungen des Kopfes, Haare aus Beton) durfte ich den Wagen vorfahren – geschafft. Fürs erste, denn bestimmt wollen meine anderen Kinder auch zur Tanzstunde – und ich

muss wieder mit. Wenn mich nicht eine Magenverstimmung ans
Bett fesselt. Cola trinken kann ich zu Hause billiger.

Menschen, Tiere, Sensationen

„Geh´n wir mal zu Hagenbeck, Hagenbeck, Hagenbeck" heißt es
in einem bekannten Hamburger Volkslied. Oder wie man woan-
ders sagen würde: In den Zoo. Statt einer kurzen Pauschalreise
nach Mallorca (oder Malle, wie man sich hier ausdrückt), sind wir
kürzlich in den Ferien einmal spontan in den Tierpark gegangen.
Wir alle sieben,[1] und das ist schon eine kleine Sensation. Anfänglich gab es bei der Diskussion um den sinnvollen Zeitvertreib an
einem Sonntag ohne jegliche Sportveranstaltung drei Lager: Eine
starke Fernsehfraktion (4 Mitglieder) und die Randgruppe Zoo
(2) sowie die Abgeordnete der Hausfrauengewerkschaft, meine
Ehefrau, die auf keinen Fall fernsehen, sondern am liebsten mit
einer Tasse Tee und einem guten Roman in Ruhe gelassen werden wollte. Nach langwierigen Verhandlungen mit diversen
Wutausbrüchen, gegenseitigem Unverständnis und lautem Türen-
schlagen passierte etwas, wovon jeder Schlichter eines handelsüblichen Tarifpokers träumt. Warum weiß keiner, wahrscheinlich
war ein Machtwort der fünfzehnjährigen Delegationsleiterin der
Fernsehfraktion ausschlaggebend; wie dem auch sei, löste sich
alles in reines Wohlgefallen auf und schon Minuten später saß die
Großfamilie wie seit Jahren nicht mehr zusammen im Auto,
bereit zum gemeinsamen Ausflug in den Zoo. Nur das Handy als
Verbindung zur restlichen Welt der Freunde, Bekannten oder
sonstigen Typen, die man zwar nicht leiden kann, mit denen man
aber trotzdem regelmäßig kommunizieren muss.
Und es wurde ein schöner Tag mit um Futter bettelnden Ziegen
oder Möwen, die uns während der Robbenfütterung auf den
Kopf schissen. Und Orang Utans[2], die am Vermüllungssyndrom
litten. Die Kinder waren besonders von diesen Waldmenschen
beeindruckt, deren Gehege mit allerlei Unrat wie ihre Kinderzimmer aussahen und die uns Eltern die Argumentation für das

---

[1] Menschen
[2] Tiere

Aufräumen erschwerten: Was für diese sensiblen, bedrohten Urwaldbewohner gut ist, kann doch für Menschenkinder nicht schlecht sein? Toll waren auch Paviane, die sich zur Freude unserer halbwüchsigen Kinder gerne und ausgiebig paarten, sowie die intensiven olfaktorischen Wahrnehmungen bei den Giraffen und den Löwen.

Zuvor hatte uns allerdings bereits der Eintrittspreis[3] spontan den Atem verschlagen. Ein echter Kracher. Für den Betrag hätte meine Frau auch dreimal mit Ryan Air nach Stockholm Skavsta fliegen können, doch, mal ehrlich, was soll sie dort? Haben die überhaupt einen Zoo? Und sie hätte ja auch erst noch nach Hamburg-Lübeck kommen müssen. (Für Ortsfremde: Lübeck ist in etwa genau so ein Stadtteil von Hamburg, wie Hahn von Frankfurt oder Stansted von London.) Zudem zeigte der Familienzoo Hagenbeck eine merkwürdige Vorstellung von der Größe einer Familie und begrenzte sie auf drei Kinder. Sie haben fünf? Pech gehabt, die zahlen voll. Doch man gönnt sich ja sonst nichts. Außer hinterher noch zu McDonald. Und Eis. Und trotzdem noch in die Videothek. Womit der Rückflug aus Schweden hätte auch noch bezahlt werden können. Und wo kann man besser ungestört lesen als im Flugzeug? Hätten sie einen besseren Service, diese Billigflieger, und würden Tee ausschenken, hätte meine Frau wohl überlegt.

Hagenbeck hat vergleichsweise eine Fläche wie ein Bierdeckel, doch durch geschickte Streckensetzung waren wir fast vier Stunden unterwegs. Dabei trafen wir immer dieselben Paare, verliebt, jung, ohne Kinder. Double Income No Kids. Die können sich einen Zoobesuch halt leisten. Unsere Kinder hielten den Gewaltmarsch unerwartet klaglos durch, immer im festen Glauben, am Ende noch Schimpansen zu sehen und waren schließlich zu erschöpft, um sich darüber aufzuregen, dass das letzte Tier dann doch nur eine Blattschneiderameise war. Außerdem lockte unser Versprechen, das gelernte Wissen um Flora und besonders Fauna mit einem praktischen Beispiel wie der Verarbeitung von Rindfleisch zu Hamburgern zu vertiefen. Bis auf die Jüngste, die zur Freude von Passanten in einer Pfütze stehend rief: „Ich will nicht zu dem Scheiß-McDonald“. Und dabei stampfte sie schön auf.

---

[3] Sensationen

Dass wir mit unserer Lockmethode nicht völlig falsch lagen, belegten Gutscheine, die am Ausgang verteilt wurden, einzulösen in der nächsten Zweigstelle mit dem gelben M.
Wir freuen uns schon auf den nächsten Besuch bei Hagenbeck: Den Kredit bei unserer Sparkasse haben wir vorsorglich beantragt. In drei Jahren dürfte er zuteilungsreif sein.

Mit allen Zähnen

Kennen Sie den: Ein Kind hat gerade Fahrrad fahren gelernt und dreht eine Runde um den Block. „Guck mal, ich kann Rad fahren."
Dann die nächste Runde. „Guck mal, mit einer Hand".
Noch eine Runde. „Guck mal, freihändig."
Dann kommt es, etwas später, wieder. „Guck mal, ohne Zähne!"

Okay, okay, ich bin kein großer Witze-Erzähler wie Bauer Piepenbrink oder Fips Asmussen, doch das liegt daran, dass ich auch kein großer Witze-Zuhörer bin. Wenn andere sich auf die Schenkel klopfen, lächle ich milde, andere haben Tränen in den Augen und ich staune. Über die Zuhörer, nicht über den Witz. Für alle Süddeutschen oder Gegner der zotigen Brachialkomik: Bauer Piepenbrink ist eigentlich Zahnarzt aus Bad Segeberg und ich frage mich, ob er die Witze immer an seinen Patienten testet. Anstatt Betäubungsspritze. Fips Asmussen ist ein alter Mann mit Miniply und Seemannsmütze und seine Witze sind gern mal schlüpfrig. Von der Art, die ich früher bei meinen Eltern immer so peinlich fand. (Jetzt finden es meine Kinder genauso unangenehm, wenn meine Frau und ich vor Ihnen offen über Sexualpraktiken reden.) Das durchweg ältere Publikum von Fips lacht sich ´nen Ast und ich staune wortlos.
Wie kam ich auf das Thema? Ach ja, Radfahren. Unserer Ältesten mussten wir (oder der Opa) noch zur Hand gehen, doch dann ging es bei den folgenden Kindern wie von selbst: Sie brachten sich untereinander und gegen jede altersbedingte Gleichgewichtsunreife und damit gegen jede Vernunft das Radeln bei und das immer früher. Die Jüngste hatte nun kurz nach ihrem dritten Geburtstag beschlossen, dass Roller und Dreirad etwas für Babys

sind, sich auf ein winziges Tiger-Bikel gesetzt und war losgefahren. Anfänglich in Schlangenlinien und mit wenig ausgefeilter Abstiegstechnik – aus voller Fahrt über den Lenker und gut – aber immerhin. Sogar ihrer älteren Freundin erklärte sie die notwendige Technik. Ein Bild für die Götter!

Ein paar Tage später ging auch das Anhalten schon ohne blaue Flecke und sie bestand auf einer Radtour. Also fuhren wir zu Knubiwowski. Damit meint sie die Drogerie Budnikowsky und unwillkürlich dachte ich an Boris Becker oder Marika Kilius, die quasi schon vor dem Sprechen oder Laufen sicher auf dem Eis standen oder den Tennisball gegen die Garage hämmerten. Meine Tochter ein weiblicher Jan Ulrich. Und ich der Manager…Die Dollarzeichen leuchten in meinen Augen.

Doch erst einmal zu Knubiwowski. Durch den Wald, wobei meine Jüngste jede Wurzel, jeden Stein und jedes Loch mit traumwandlerischer Sicherheit traf, ging es ohne nennenswerte Stürze zur Straße. Nach kurzer Diskussion (wie man so mit einer Dreijährigen diskutiert – letztlich autoritär) fuhr sie auf dem Fußweg lustig schlenkernd neben mir her, mal hier hin und mal dorthin guckend und ohne Unterlass erzählend. Jedes parkende Auto verursachte in mir Adrenalinstöße in Erwartung des bösen, kratzenden Geräuschs von einem rostigen Handbremsengriff auf ozean-blau- oder smaragd-schwarz-metallic oder wie die Autofarben heute so heißen. Ich beruhigte mich dann immer mit der Hoffnung auf die Rechtsprechung, nach der man bei Schäden durch Kinder unter sieben nicht zahlen muss. Oder ist es grob fahrlässig, ein so kleines Kind radeln zu lassen?

Autos waren also kein Problem, Fußgänger wichen staunend zur Seite, nur bei Hunden, die größer als meine Tochter waren (alles ab Riesendackel) gab es Probleme, weil sie auch mal zur Seite auf die Straße floh: „Guck mal, ich kann auch den Kantstein runter." Krawumm.

Vorbei am großen Blütenbaum, einer ihre Prinzessinen-Mädchen-Gedanken inspirierenden gewaltigen Kirsche in rosa-metallic, ging es über die gefährliche Brücke, eine wackelige Baustellenholzkonstruktion, unter der in der Fantasie meiner Tochter ein reißender Gebirgsbach rauscht, in Wirklichkeit allerdings nur dicke braune Rohre zukünftig Fäkalien ableiten werden.

Als wir dann bei Knubiwowski ankamen, war der Laden natürlich zu. „Das ist ärgerlich", stellte sie ganz richtig fest und machte einen Alternativvorschlag, denn sie weiß ganz genau, wie gern ich Geld ausgebe. Eine Minute später versuchte sie, mit einem Eis (inklusive bunten Streuseln zu 10 Cent extra) ihr Rad zu besteigen. Es blieb beim Versuch, der die Hälfte der Eiskugel kostete. Wir überbrückten die fahrfreie Zeit mit einem kurzen Besuch eines Spielplatzes ganz in der Nähe, der mit dem Charme eines gewöhnlichen Recyclinghofes um diese späte Stunde hauptsächlich halbstarke Alcopop-Tester anlockt. Die widmeten sich dann neben beeindruckend unbegabten Korbballwürfen auch hauptsächlich dem Genuss von Bacardi-Breezer und stopften sich Erdnusslocken in den Mund, wobei immer die Hälfte daneben fiel. Meine Tochter war beeindruckt, während sie auf den fantasievollen Spielgeräten, einem Klettergerüst in einer Katzentoilette und vier schmutzigen Trampolinbrettern, herumtollte. Oder auf der Seilbahn hin und her fuhr, denn dass ist das Highlight dieser Anlage und einziger Grund des regelmäßigen Besuchs. Und als sie sich einmal nicht richtig festhielt, flog sie mit doppeltem Toe Loop vom Sitzbrett auf die Nase. Da waren sogar die Bacardi-Jungs beeindruckt. Meine Tochter schüttelte sich nur kurz (erfahren wie ich bin, rief ich nicht „hast du dir wehgetan, sondern wartete cool ihre Reaktion ab beziehungsweise ob Blut floss) und wollte dann gleich noch mal fahren. Etwas durcheinander muss sie aber doch gewesen sein, denn sie vergaß kurz darauf, dass sie mal musste, schrie auf - und pinkelte in die Sandkiste. Natürlich durch die Hose. Das sah nett aus und fühlte sich zumindest warm an. Die ganze Rückfahrt über beklagte sie sich über die nasse Hose, selbst der Blütenbaum und die gefährliche Brücke spielten keine Rolle mehr. Dafür fragte sie mich zum Ergötzen der Passanten mehrfach, ob ich nicht auch mal pieschern müsste. Doch soweit geht meine Solidarität mit meinen Kindern nicht.
Irgendwann kurz vor Einbruch der Dunkelheit kam unser Haus in Sicht. Auch die letzten Meter auf der Straße wurden unfallfrei absolviert.
„Bitte fahre rechts!"
„Tue ich doch! Ich quetsch mich ganz an den Rand"
„Das ist links!"
„Ist es nicht. Ätschibätsch."

Dann noch einmal den Kantstein hoch, rums, einen schönen Gruß von der Felge, geschafft.

Und stolz erzählte meine Tochter, breitbeinig die uringebatikte Hose präsentierend, ihrer Mutter:

„Guck mal Mami, ohne Windel!"

Aber immerhin mit allen Zähnen.

Hormocenta

Früher gab es eine Werbung mit der den meisten heute wahrscheinlich unbekannten Schauspielerin und Tänzerin Marika Rökk, in der sie die Vorzüge der Schönheitscreme Hormocenta pries.

(Einschub: Vielleicht liest das jemand vom Hersteller und zahlt mir einen kleinen Betrag für diese Werbung: „Bei regelmäßiger Anwendung erhält die Haut neue Elastizität und jugendliche Ausstrahlung. Fältchen können bis zu 38,9 % gemildert werden.") Marika Rökk wurde übrigens, was die wenigsten wissen oder interessiert, in Kairo geboren, wuchs aber in Budapest auf. Auf jeden Fall hatte sie ein fast makelloses Gesicht sogar noch im Alter von 107 oder so und zog immer ihre gleichaltrige Tochter mit den Worten „Und sie nimmt sie auch schon!" ins Bild. Beide waren so schier und straff und ich stelle mir vor, dass Tochter Rökk nur Hormocenta ans Popöchen bekommen hat und niemals Penaten- oder Niveacreme so wie wir. An der Wirkung der Salbe musste aber irgendwas dran gewesen sein, denn damals gab es die heutigen technischen Tricks noch nicht, die jedem Playboy-Model diese unnatürlich glatte, völlig makellose Haut bescheren. Wobei ich vorbeugend feststellen möchte, dass ich den Playboy nur wegen der nackten Frauen lese und nicht wegen der Interviews. Besser: Lesen würde, denn dieser Schund degradiert die Frauen zum reinen Objekt. Pfui.

An diese Creme-Werbung, wo die Tochter es ihrer Mutter nachtut, muss ich immer denken, wenn unsere erstgeborene Tochter ihrer Vorliebe für räumliche Gestaltung und angewandte Innenarchitektur nachgeht. Um die Assoziation zur Beziehung zwischen meiner Frau und unserer Tochter zu verstehen, nenne ich das Beispiel eines Schranks aus polierter Kirsche – einem Erb-

stück meiner Lieblingstante Käthi – in welchen sie einen dicken, weißen Schraubhaken eingenagelt hat. Schraube – Nagel, Sie verstehen. Dabei ist meine Frau handwerklich eigentlich begabt, vor Weihnachten ähnelt unser Wohnzimmer den Werkstätten der Weihnachtstrolle von Inari, Lappland, die ja bekanntlich für den Weihnachtsmann die Geschenke für Kinder in aller Welt herstellen. Nein, bei ihr ist es eher eine Frage des Wollens (denn der handwerklichen Ehre). Oder ein anderes Beispiel: Vor Jahren ging es ihr durch den Kopf, unser Treppenhaus zu verschönern. Spontan wurden größere Mengen an Auslegware in zwei gewöhnungsbedürftigen Farben für die Treppe erstanden. Drei, vier Stufen wurden auch tatsächlich von dem einwandfreien Vorgängermaterial befreit, doch dann war Schluß. Seit dem liegt die Baustelle brach, das Teppichmaterial ist in alle Winde verstreut oder beim Aufstellen diverser Spielhäuser verbaut worden.
Und ihre Tochter ist genauso. Jetzt sollte also wieder der Flur umgestaltet werden. Ein so genanntes Erbprojekt. Diesmal nicht die Treppe, nein, um die Wände ging es. Ich gebe zu, das braune Holzimitat aus irgendeiner chemischen Verbindung mit der Vorsilbe Poly genügte ästhetischen Grundsätzen schon lange nicht mehr, doch die jetzt gewählte Farbkombination grün und türkis ist auch mehr als gewöhnungsbedürftig. Besonders auf dem Teppich, den Schaltern, Fußleisten und allerlei Dingen, die sie natürlich nicht abgedeckt hatte. Das heißt, eigentlich handelt es sich nur noch um Teppichrudimente, denn die meisten Stufen mit der oben erwähnten Auslegware aus dem vorherigen Umgestaltungsversuch wurden nun wieder entfernt. Bis auf die Klebstoffreste, an denen man nun immer kleben bleibt, wenn man sich auf Sokken nach oben bewegt.
Doch nach Hälfte des Flurs erlahmte der Spaß und so wurde eine dauerhafte Pause eingelegt. Selbstverständlich ohne die mehr als notwendigen Aufräumungsarbeiten. Fortan lag eine große Aluminiumleiter im elterlichen Bett, alle Schuhe des Haushalts vor demselben, dazu diverse Mäntel, Jacken, Schals, Baseballschläger und Ballpumpen – was eben so alles an einer Garderobe zu finden ist. Auf vorsichtiges Nachfragen reagierte sie mürrisch, weil sie, soviel war durch den Berg an Kleidungsstücken erkennbar, am Computer saß und chattete.

Der Computer steht als Folge eines mißglückten Experiments bei uns im Schlafzimmer. Wir dachten, auf diese Weise die Kinder aus dem Wohnzimmer zu bekommen. Die Langzeitstudie zeigt jedoch, dass für die Erreichung dieses Zieles auch der Fernseher, das Radio, die Stühle, Sofa, Tisch, Fußboden und vor allem die Eltern entfernt werden müssten.

Im Treppenhaus wird sich wohl auf absehbare Zeit nichts mehr tun. Meine Tochter hat sich gedanklich bereits neuen Themen zugewandt und plant den 7. Umbau ihres Zimmers. Und der Flur wird eine weitere Unvollendete bleiben, die, und das gebe ich zu, ja gerade ihren Reiz aus der mangelnden Vollendung zieht. Ich bin jedoch kein Künstler und kann das alles nicht nachvollziehen. Wer A sagt muss auch B sagen. Da geht auch der Vorwurf „du bist ja auch nicht besser" ins Leere: Die Tür unseres Gäste-WCs hatte ich bei unserem Einzug Ende der achtziger Jahre vorgestrichen und dabei die Beschläge entfernt. Seitdem wartet sie fast unverändert auf ihre Fertigstellung. Aber eben nur fast, denn 1992 habe ich einen Haken daran befestigt. Das Projekt läuft also. Doch vielleicht entdeckt meine Tochter diesen Raum auch einmal. Wir sollten den Computer dort aufstellen. Und alle Räume mit Hormocenta streichen. Dann sehen sie aus wie neu. Oder zumindest wie Marika Rökk.

Unter Silberfischchen

Von allen Räumlichkeiten in unserem Haus stellt neben dem Wohnzimmer, dem Flur, den Kinderzimmern, dem Keller, der Garage oder unserem Schlafzimmer hauptsächlich das Badezimmer den Haussegen in Frage.

Unsere Nasszelle müssen sich 7 Menschen teilen, eine Quote, die man in unserer Gegend nur aus Arte-Dokumentationen über die Lebensbedingungen sibirischer Minenarbeiter oder Erzählungen ehemaliger Bewohner des Aussiedlerlagers Friedland kennt. Hinzu kommen diverse Übernachtungsgäste der Kinder in unterschiedlicher Altersstruktur, die immerhin zur Anschaffung eines WC-Tür-Schlüssels geführt haben. In Zeiten von wachsender Hysterie und einer amerikanisierten Renaissance der Verklemmtheit sollte man sich nicht vom Nachbarskind beim Abtrocknen oder dem Wasserlassen erwischen lassen. Immer mehr Kinder haben noch nicht einmal ihren eigenen Papi nackt gesehen. Das Bad mit ihm in einer Wanne impliziert den Anfangsverdacht einer Unzucht mit Abhängigen. Demnächst wird man in Haffkrug oder Timmendorf wahrscheinlich auch wieder mit dem Strandkorb ins Wasser gefahren, um ungesehen ein erfrischendes Bad ohne die lüsternen Blicke anderer Badegäste unternehmen zu können. Da wir ja in Deutschland außer Erdnussbutter fast alles aus den USA übernehmen, ist es zumindest bis zum Verbot des Pfeifens unter Wasser (Florida) nicht mehr weit. Übrigens dürfen sich in Kentucky angeblich nur Frauen, die mit einem Knüppel bewaffnet sind oder von zwei Polizeibeamten begleitet werden, im Badeanzug einem Highway nähern.

Das Problem in unserem winzigen Feuchtbiotop sind aber weniger die Einhaltung merkwürdiger Gesetze, sondern die notwendigkeitsspezifische Verfügbarkeit von Toilettenpapier. Obwohl gerade der zoologische Aspekt nicht vernachlässigt werden darf: Silberfischchen – und das dürften nur die sichtbaren Gäste in unserem Bad sein – gedeihen prächtig. Einzelne Exemplare erreichen schon die Länge von jungen Heringen. Ich werde mich mal erkundigen, ob der Fang und die darauf folgende Zubereitung (in Dillsauce oder gebraten) gemäß dem Bundesjagdgesetz auch in den Monaten ohne R erlaubt ist. In diesem Zusammenhang stellt sich mir die Frage nach der Regel, die verhindert, dass es „zooo-logisch" statt zoologisch heißt. Wären nicht drei Os logisch?

Darauf, dass man immer erst nach dem Geschäft bemerkt, dass sich auf der Toilettenpapierrolle (politisch korrekt: Recycelpapier, danke) nur noch der endschlaufige Rest befindet, will ich trotz der daraus resultierenden drängenden Probleme nicht eingehen. Man kennt dies von der falschen Fahrspur im Stau oder der Tatsache, dass man selbst immer der Einzige ist, der vor dem leeren Papierfach des Kopierers steht und ein neues Paket holzfreies Kopierpapier, weiß, 80 g/m², einlegen muss.

Nur in Baltimore ist es meinem Wissen nach verboten, Waschbecken zu säubern, egal wie dreckig sie auch sind. Meinen Kindern ist dies ausdrücklich erlaubt, in einem Fall per Dekret sogar als regelmäßige Aufgabe zugeteilt. Dass auch hier wie so oft die mangelnde Konsequenz der Eltern dazu führt, dieser häuslichen Aufgabe eher schleppend nachzukommen, dürfte niemanden überraschen. Und teilweise übertreffen sich die Geschwister gegenseitig, die notwendigen Vorbereitungen der Reinigungsaufgabe von bloßer Pflichterfüllung (Zahnreinigung) zu einer kreativen Höchstleistung zu transponieren. Eine Tube Zahnpasta zum Beispiel, durch spucken auf dem Becken und dem Spiegel verteilt, macht schöne Muster und erfreut den Künstler im späteren Saubermann.

Immerhin deuten unsere Kinder an, dass sie sich, wenn wir denn mal zu Geld kommen sollten, auch in höheren Kreisen, Hoteletagen etwa, bewegen können. Handtücher werden grundsätzlich, unter Verzicht auf den heute so oft bemühten Umweltgedanken, nur einmal benutzt und dann auf den Boden geworfen. Wie im Holiday Inn oder dem Hotel Atlantik. Nur das auf unseren Handtüchern Landkarten von Gran Canaria oder der französischen Mittelmeerküste abgebildet sind. Die Laken aus diversen Hotels oder von Fährlinien sind mittlerweile alle verschwunden. Bestimmt von Gästen geklaut. Diebesgesindel.

Manche von unseren Schlafgästen haben mittlerweile eigene Zahnbürsten bei uns stehen. Die astronomische Anzahl macht den Kohl auch nicht mehr fett. Oder sie werden, da habe ich meine Frau im Verdacht, regelmäßig durch neue ersetzt. Ich verliere inzwischen den Überblick und erkenne nur meine Bürste an ihrem zerknautschten Kopf. Alle anderen sind wie aus der

Zahnbürstenfabrik. Das Zahnbürsten-Menschenverhältnis bei uns grenzt an neuseeländische Verhältnisse, wo angeblich auf jeden Einwohner 12 Schafe kommen. Meine Frau nimmt jedes Bürsten-Angebot wahr, im Set, einzeln, mittelhart und weich, in allen Regenbogenfarben. Keiner steigt mehr durch. Auf jedes Kind kommen 11,53 Bürsten. Ich vermute, sie werden nur einmal benutzt, womit sie bei einzelnen Kindern schon mal ein paar Monate halten können, während andere mehr Zeit beim Putzen als beim Schminken verbringen. Was dazu führt, dass andere (siehe oben, Waschbecken) mehr Zeit beim Putzen als beim Schminken zubringen.

In Ocean City ist es verboten, während des Schwimmens im Meer zu essen. Bei uns ist es verboten, im Schlafzimmer zu essen, weil Speisereste im Bett nur im Gedicht fröhlich pieken, sondern schimmeln oder stinken. Beim Schwimmen in der Badewanne wird selten gegessen, beim Zähneputzen logischerweise auch nicht, bleibt nur die Verrichtung selbst…Das habe ich zwar noch nicht selbst beobachtet, Speisereste findet man jedoch auch hier (und natürlich im Schlafzimmer). Früher hat man sich im Bauernhaus gemütlich um den Kachelofen geschart, heute ist es auf den Fliesen vor dem Elektroheizer im Badezimmer warm und gemütlich. Demnächst nehmen wir unsere Mahlzeiten auf der Toilette ein, gucken fern im Schlafzimmer und können dann das Wohnzimmer einer neuen Verwendung zuführen: Fahrradabstellkammer, Tischtennishalle, Kaninchenfreigehege.

Den Kindern wird schon etwas einfallen. Wie dem Gesetzgeber von Minnesota, der das Überqueren der Landesgrenzen mit einer Ente auf dem Kopf unter Strafe gestellt hat. Außerdem wurde dort gesetzlich festgeschrieben, dass Badewannen Füße haben müssen. Das ist bei uns Gott sei Dank nicht so, denn dann würde man immer unter der Wanne nach seinen Zahnbürsten oder Handtüchern suchen müssen. Oder die Badewanne würde ins Wohnzimmer auswandern. Mit den Silberfischchen. Zu den Kaninchen.

Hilfe!

Neulich wollte meine Frau mal ganz in Ruhe im Garten arbeiten. Ungestört. Sich erholen von Küche, Bad und Waschmaschine. Von den fordernden Kindern und dem erwartenden Mann. Hier ein wenig pusseln, da zurückschneiden, Unkraut jäten, Rasen mähen. Erholung halt.

Sie nahm sich die Hecke vor, Buche, nicht gebeizt, die in ihren ungebärdigen Trieben den Ordnungssinn der Siedlungsgemeinschaft stören könnte und uns beim Ausparken aus unserem Grundstück die Sicht behinderte. Ich hatte diesen zweiten Aspekt einmal nebenbei erwähnt. Und meine Frau ist aufmerksam.

Sie müssen wissen: Bei uns in der Nähe gibt es zwei Tennisanlagen. Unsere beschauliche Wohnstraße wird dabei gern als Abkürzung genommen. Time is money oder es ist angesagt, auf den letzten Drücker zu kommen. Wie auch immer, nun rasen schicke Tennislehrer im Dreier-BMW oder Porsche auf dem Weg zur nächsten Stunde bei uns vorbei, hin zu dicken, unsportlichen Vorstadtkindern, um ihnen den Slice beizubringen, weil deren Eltern es halt so wollen. Obwohl ihr Nachwuchs lieber „Counter Strike: Source" oder Fußball spielen würden. Oder Hausfrauen, gelangweilt von der Kontrolle der Putzfrau oder Mütter, die keine Hecke zum entspannen haben, eilen zu ihrem chicen Tennislehrer. Über die Aufschlagzone die „Zone 30" vergessend.

Zurück zu meiner Frau und ihrer Heckenschere, manuelle Ausführung. Der Schweiß soll fließen. Ist ja Erholung. Gerade als sie zum ersten Schnitt ansetzte, entdeckte unsere jüngste Tochter sie.

„Ach, hier bist du, Mami."

Seufzer

„Mami, bist du hier ganz allein?"

„Ja."

„Langweilst du dich dann nicht?"

„Nein."

„Was machst du hier?"

„Die Hecke schneiden."

„Warum?"

„Weil die so hoch ist."

„Ich kann dir ja helfen."

„Brauchst du nicht."

„Doch, ich kann das.“
Tiefer Seufzer
„Soll ich harken.“
„Ja.“
„Ich kann auch schneiden.“
„Harke mal lieber.“
„Ist gut, ich hole eine Harke.“
Zwanzig Sekunden Ruhe. Dann von weitem:
„Mama, komm´ mal.“
„Was denn?“
„Welche Harke?“
„Irgendeine.“
„Ich komme nicht ran.“
Meine Frau holt die umständlich versteckte Harke. Die zukünfti-
ge Gärtnerin harkt. Ein einziges Mal.
„Ich habe Durst.“
„Hol dir was.“
„Kannst du mir helfen. Ich komme nicht an den Becher.“
„Trink aus dem Hahn.
Blick wie: Spinnt die!
„Mama, hol´ mir einen Becher!“
„Ja, gleich.“
Meine Frau wendet sich wieder der Hecke zu.
„Was ist das für eine Hecke?“
„Buche.“
„Warum sind die Blätter grün?“
„Weil Sommer ist.“
„Was machen die Blätter im Winter?“
„Warum gibt es Winter?“
„Wieso ist der Stiel der Harke aus Holz?“
„Wann bist du fertig?“
„Wollen wir eine Radtour machen?“
„Wo ist mein Helm?“
Ganz tiefer Seufzer.

Irgendwann war meine Frau dann tatsächlich fertig. Mit der Hek-
ke, nicht den Nerven. Die sind längst gestutzt.
„Habe ich dir gut geholfen,“ fragte meine Tochter.
„Natürlich, Süße. Die bist die beste Hilfe der Welt.“

Schon am übernächsten Tag habe ich die wie mit dem Lineal gezogene Hecke bemerkt.

„Na," fragte ich, "hast du dich beim Schneiden gut erholt? Ich hatte einen schlimmen Tag. Die Kunden haben mich nicht eine Minute in Ruhe gelassen. Was hast du es hier gut."

Die Supernanny

Bei 5 Kindern blieb es nicht aus, gelegentlich einen Babysitter zu benötigen. In den ersten Jahren noch mit schlechtem Gewissen, später in der Erkenntnis, dass die Kinder auch etwas davon haben, wenn meine Frau und ich einmal im Kino entspannen oder bei einem lauschigen Abendessen ohne lange Kinderohren über dies und jenes sprechen können. Und zur gelegentlichen Störung gibt es ja das Mobiltelefon. Mit so wichtigen Themen wie: Der und der ist doof, wann muss ich ins Bett, geht im Kühlschrank das Licht aus, wenn man ihn schließt oder darf ich mich nächsten Monat um halb drei verabreden. Alles Sachen, die von uns Eltern bei Rotwein und Kerzenschein vom Italiener um die Ecke aus sofort abschließend geklärt werden müssen.

Die Rede ist hier von einer Person aus Fleisch und Blut, belastbar, mit Nerven wie Stahlseilen, fleißig wie eine Biene und dabei anspruchslos wie eine Ordensschwester. Mutter Theresa von der langen Geduld. Eine karges Entgelt, Selters und ein paar Salzstangen als Verpflegung sollten reichen. Nur etwas dreidimensionaler als die Supernanny schlechthin, der Fernseher, sollte sie sein. Obwohl das, was Sonntagmorgen läuft, dann, wenn Mami und Papi noch mal so richtig allein sein wollen, aller Ehren wert ist. Von fünf bis neun Zerstreuung ohne Ende. Unterbrochen nur durch sachgerechte Werbung von Matel. So werden die Kinder gleich ganz pädagogisch zum Schreiben angeregt. Nämlich von Wunschzetteln für Weihnachten, Geburtstag, Ostern, Pfingsten, Totensonntag. Zu wann auch immer man heute zum Wohle der Konsumindustrie etwas schenken muss.

Die ersten Babysitter haben wir mittels Zeitungsannonce und Bewerbungsverfahren ausgewählt. Man lässt ja nicht jeden mit den lieben Kleinen allein – wir tragen ja schließlich eine hohe Verantwortung. Nicht dass Sie das falsch verstehen – eine Verantwortung dem armen Babysitter gegenüber, der irreparablen Schaden nehmen könnte, wenn er nervlich und körperlich den Strapazen in unserem Haushalt nicht gewachsen wäre. Die Kinder wissen sich schon selbst zu helfen.

Viele Bewerberinnen (wie Reiten und Flöten ist Babysitten eine weibliche Domäne) fielen sofort durch das Raster. Es war nicht klar, wer eigentlich auf wen aufpassen sollte. Wenn deren Eltern mal ins Theater gingen, stand bestimmt noch eine Studentin bereit, nach dem Rechten zu sehen.

Zu junge Babysitter bringen zusätzlich noch das Problem mit, sie anschließend nach Hause fahren zu müssen, weil sie im Dunkeln nicht allein unterwegs sein durften. Ob da gelegentlich nicht der Bock zum Gärtner gemacht wird, erörtere ich mal nicht weiter. Unsere erste Babysitterin war jedenfalls eine ausgesprochene Schönheit, was zu allerlei anzüglichen Bemerkungen führte. Die Kinder mochten sie auch, was sich in erster Linie dadurch äußerte, dass sie ihr immer alle beweglichen Spielsachen in unserem Wohnzimmer vorführten. Und natürlich nicht wieder wegräumten. So hatte der, der das Kindermädchen nicht nach Hause fuhr, wenigstens auch etwas zu tun.

Bei der nächsten Babysitterin gingen wir sehr geschickt vor. Wir freundeten uns einfach mit ihr an, so dass sie irgendwann kein Geld mehr für die Dienste annehmen mochte. Da spielte es letztlich auch keine Rolle, dass sie damals außer Spiegeleiern überhaupt nichts kochen konnte. Wozu hat Gott denn auch den Pizzadienst erfunden? Allerdings ist es ein Treppenwitz der Geschichte, dass sie später Lehrerin für Hauswirtschaft wurde.

Die allerbeste Hilfe auf dem Gebiet der Betreuung verhaltensauffälliger Menschen haben wir uns aber natürlich selbst heran gezüchtet. Warum hat man schließlich eine älteste Tochter. Sie kennt sich im Haus gut aus und hat, anders als wir Eltern oder Fremdpersonal, keine Probleme mit gelegentlicher Gewalttätigkeit zur Durchsetzung ihrer Ziele. Und wenn diese nur darin bestehen, in Ruhe gelassen zu werden. Sollen die Geschwister doch fernsehen....

Kürzlich allerdings bekamen wir dann doch ein interessantes Angebot, nochmals auf externe Mitarbeiter zuzugreifen. Wir kauften in einem sehr alternativen Stadtviertel Konzertkarten. Ich wunderte mich darüber, dass es drei Tickets waren. Meine Frau erklärte mir, dass unser familieneigener Babysitter uns begleiten wollte. Und wer passt auf, fragte ich. Sie überlegte kurz und entwickelte, angetan vom Verkäufer, eine unübliche eloquente Spontaneität. (Er hatte lange Haare, was bei meiner Frau immer gut ankommt. Das Gesicht unseres Sohnes habe ich dementsprechend lange nicht gesehen, ob er immer noch Pubertätspickel hat, weiß ich gar nicht.) Den Verkäufer jedenfalls, den hässlichen Olm, fragte sie mit süffisanter Stimme, ob er nicht Lust zum Babysitten hätte. Er hatte aber keine Zeit, sprach jedoch seinen Kollegen an. Der sah zwar nicht so gut aus, zählte aber die notwendigen Ausgaben für seine Musikanlage zusammen und präsentierte uns die Summe, die er noch benötigen würde. Als Dreingabe bot er dann noch an, die Kinder zu tätowieren. Das fand ich dann wirklich mal einen Service, den vor ihm noch keiner, auch nicht die Erziehungsdomina aus dem Fernsehen, gebracht hatte. Ich fragte mich, ob er auch Piercings anbringen würde. Dann müssten unsere Kinder wenigstens nicht in schmierige, dubiose Läden in hafennahe Stadtteile gehen, um sich Ringe durch die Nase zu ziehen.

Doch meine Frau hatte komischerweise das Interesse verloren und zog mich nach der Absage des Langhaarigen aus der Konzertkasse. Dann wird wohl doch das Handy die Bewachung der restlichen Kleinen übernehmen. Und Kollege Fernseher. Vielleicht läuft ja die Supernanny.

Zukunftsangst

Warum ich Angst vor der Zukunft habe? Nun, es geht hier nicht um Seuchen, Naturkatastrophen oder Terroranschläge. Mich treibt die Furcht vor dem Tag umher, an dem meine älteste Tochter ihren Führerschein ausgehändigt bekommt. Und auch jetzt mögen Ihre Gedanken in die falsche Richtung gehen. Ihr Fahrstil, ihre Umsicht am Lenkrad oder möglicher Alkoholgenuss am Steuer sind nicht die Sorgen, die mich quälen. Meine Tochter ist vernünftig und am Lenkrad äußerst talentiert.

Nein, ich fahre so äußerst ungern Bahn. Es dauert doppelt so lange wie mit dem Auto; beim Lesen stört mich die vor sich hin sabbelnde Alte neben mir. Wenn ich Pech habe, sind nur Stehplätze frei und die Musik kann ich mir nicht selbst aussuchen, sondern nur hoffen, dass der Sitznachbar mit den MP3-Bässen zwanzig Stationen vor mir aussteigt. Vom Bahnhof zur Firma bin ich vom Regen durchnässt und mein Fahrrad am Bahnhof kann gar nicht so unattraktiv sein, dass nicht irgendein Junkie die Teile bis auf das Vorderrad gebrauchen kann. Es hilft ja heutzutage nicht einmal mehr, ein Zweirad der Kinder, also ein schrottreifes Teil, dort mit mehreren Ankerketten zu sichern: Selbst die Räder, die der Recyclinghof annahmeverweigert, werden vom gemeinen Fahrraddieb gern angenommen.

Aber was hat denn nun meine Aversion gegen das Bahn fahren mit dem Führerschein meiner Tochter zu tun?

Ich möchte dies einmal anhand des Handys erläutern. Was dem mittleren Angestellten sein Auto mit Ledersitzen, Navi oder PS über 136 ist, ist dem Jugendlichen sein Handy. Statussymbol, Diskussionsgrundlage, Götze.

Mein Handy ist ein Telefon. Mein Auto soll mich von A nach B bringen, mein Handy soll meine Stimme und die meines Telefonpartners von A nach B und zurück bringen. Ich nutze es selten, weil es klein -und fitzelig ist und mir die Gespräche zu banal oder zu teuer sind. Doch manchmal muss ich doch zum kleinen Anruf zwischendurch greifen, öffne meine Tasche — und finde es nicht. Weil meine Tochter es am Abend zuvor in ihr Zimmer genommen hat, um mit Freunden zu simsen oder sich anrufen zu lassen. (Eigene Anruf hat sie eingestellt, seit wir die Nummern kontrollieren und die Kosten direkt vom Taschengeld abziehen. Zeitweise hat sie uns zum Monatsanfang bezahlt und nicht umgekehrt.) In letzter Zeit, das gebe ich zu, ist es ein wenig besser geworden. Doch das liegt nicht an der jugendlichen Einsicht oder Erziehungserfolgen, sondern ist der Tatsache gedankt, dass meine Frau ein neues Handy hat. Es handelt sich um ein aktuelles Modell, klappbar, mit viel Schnickschnack und sprechenden Klingeltönen. Es ist also um Längen attraktiver als mein völlig veraltetes, steinzeitliches Modell aus dem Vorjahr, welches nach Ansicht der Kinder ins Museum oder auf den Müll gehört. Mein Mobiltelefon hat somit seinen Reiz verloren und steht mir öfter zur Verfügung. Wie oft meine Frau nun unterwegs ihr Handy sucht, können Sie sich selbst denken.

Und so geht es nicht nur mit tragbaren Telefonen. Unsere Kinder, wahre Jungkommunisten, rufen nicht „Eigentum ist Diebstahl", sondern setzen das Wort des Anarchisten Proudhon regelmäßig in die Tat um: Haarbürsten, Fahrräder und Fahrradschlösser, Geld, Digitalkameras, Parfum, Kondome, T-Shirts, Hämmer, Stifte, Scheren – man kommt sich vor wie bei Rudi Carrell am laufenden Band. Außer leichten Stromschlägen haben wir schon alles versucht: Verstärkte Schlösser, themenzentrierte Interaktion, Fernsehentzug, milde Worte. Unsere Kinder sind da erstaunlich einsichtsresistent. Weniger oft übrigens suchen meine Frau und ich Haushaltsreiniger, Waschmittel oder den Besen. Komisch.

Aber nun können Sie sich bestimmt vorstellen, warum ich Angst vor dem Tag habe, an dem meine Tochter staatlich lizenziert Auto fahren kann. Ich sehe es genau vor mir: Ein regnerischer Morgen, schnell das Frühstücksbrot verschlungen und dann stehe ich auf der Straße. Suchend. Wo ist mein Auto? Können sich wirklich Diebe dieses verdreckten, verbeulten und untermotorisierten Produktes aus dem Hause Opel erbarmt haben? Siehe oben, siehe Gammelräder am Bahnhof. Alles ist möglich. Doch dann reift die Erkenntnis wie der Schimmel auf Berg nicht abgewaschenen Geschirrs bei sturmfreier Bude. Meine Tochter hat den Führerschein. Ich werde sie wecken, nein, besser, mit meinem Handy das Handy meiner Frau anrufen. Meine Tochter wird sich gähnend melden, mir ungefragt und vorwurfsvoll die Uhrzeit nennen und sich dann verschlafen zu einer Erklärung bemühen, nach der sie das Auto gestern Abend gebraucht hätte und es nun bei einer Freundin stehen würde. Sie wird mir sagen, dass sie doch nur meinen eigenen Rat befolgt hätte und nach dem Genuss einiger Alcopops nicht mehr gefahren wäre. Es täte ihr auch sehr leid und im Übrigen wäre es nett, wenn ich den Wagen abholen und dann auch auftanken könnte. Den Sand von der Spritztour nach Dänemark könne ich ruhig im Wagen lassen, den würde sie bestimmt nächstes Wochenende wegsaugen. Und dass ich der netteste Papa der Welt wäre und Bahn fahren viel besser für die Umwelt sei.

Und so wird sich der blödeste Papi der Welt in die ungeliebte Bahn setzen und dann vom Fahrkartenkontrolleur als Schwarzfahrer ertappt werden, denn mein Portemonnaie war natürlich (wahlweise) leer oder weg, weil die Kinder am Vortag (wahlweise) ein Eis brauchten oder nicht schwarzfahren wollten. Der Kontrolleur wird mich unter den vernichtenden Blicken der anderen Fahrgäste aus der S-Bahn führen. In eine ungewisse Zukunft als vorbestrafter Bahnfahrer. Und davor habe ich Angst.

Ob einen Insektenstiche oder böse Winde plagen,
ob man Kopfschmerz hat oder 'nen kranken Magen,
bei keinem Leid soll man besorgt verzagen,
muss man doch nur Frau Dr. Mama fragen!

(Dr. Best)

Dr. Mama McGyver

In einer Radiosendung über einen Nobelpreisträger philosophierte dieser über die Frage, warum man jemanden mag oder warum nicht. Wieso gibt es Liebe auf den ersten Blick? Warum ist einem der Gerichtsvollzieher spontan unsympathisch? Er fragte sich auch, warum sich Ehepartner füreinander entscheiden oder Wissenschaftler bestimmte Versuchskaninchen auswählen.

Ehemann, Ehefrau, Versuchskaninchen? Die Nennung in einem Atemzug ließ mich aufhorchen. Und grübeln, was der Mann wohl von der Ehe denkt. Spontan fiel mir ein kürzlich von meiner Frau gekochter Gemüseauflauf ein. Um kein Mißverständnis aufkommen zu lassen: Ich liebe die Kochkünste meiner Gemahlin. (Dieses Wort in diesem Zusammenhang sagt doch alles!) Ihre Frikadellen sind unverschämt lecker und der Schweinebraten unbeschreiblich. Gelegentlich neigt sie allerdings zu biologisch-dynamischen, vegetarischen Eigenkreationen, denen nicht nur Fleisch aus deutschen Landen, sondern auch die familiäre Akzeptanz fehlt. Sind derartige, geschmacklich nur unscharf zu beschreibende Kompositionen aus den Tiefen der Vollwertküche wirklich ein Zeichen für die oft genannte, durch den Magen gehende Liebe? Oder stellen meine Kinder und ich am Ende doch nur Forschungsobjekte für ihre Studien zum Thema „Verdauung von Hülsenfrüchten im Dialog mit Knollengemüsen" dar?

Wie gesagt, es war eine Radiosendung, die mich auf meine schweren Gedanken brachte. Kein Fernsehen, denn die Glotze bleibt auf Wunsch meiner Frau immer öfter aus. Wahrscheinlich testet sie heimlich aus, wie sich ihre Familie unter Fernsehentzug entwickelt.

Dabei kann einem der Fernseher so viel geben. Abgestumpfte Nerven. Tiefen Schlaf. Oder Idole.

Mein Held war McGyver. Nicht, weil er eine so schöne Vokuhila-Frisur trug oder Turnstiefel zur Röhrenjeans und ganz bestimmt nicht, weil der Darsteller einmal mit Katharina Witt liiert war.
Nein, dieser McGyver konnte unter Zuhilfenahme seines Schweizer Offiziersmessers so in etwa an allem herumbasteln oder reparieren, was ihm anlässlich der Rettung der Welt oder der schönen Frau so über den Weg kam. Ob er aus Schnürsenkeln, Kaugummipapier und einem Küchenwecker eine Atomrakete improvisieren sollte oder es galt, mittels einer Packung TicTac, ein paar Schrauben und einer halben Rolle Tesafilm ein Gefängnis zu stürmen: Lediglich mit der eidgenössischen Qualitätsklinge und etwas Fantasie ausgerüstet, gelang ihm einfach alles. So ein Messer musste ich auch haben. Man konnte ja nie wissen, in welche Situation man kommt. Plötzlich soll ich aus ein paar Eierkartons, Nagellack und einem defekten Radio ein funktionsfähiges U-Boot bauen. Da stünde ich blöd da, so ohne Offiziersmesser.
Die gibt es ja bekanntlich in vielerlei Ausführungen, wobei manche durch ihr Zubehör so dick und schwer sind, dass die Bezeichnung „Taschenmesser" sich eher darauf bezieht, dass man zum Transport eine kompakte Reisetasche benötigt. In der Hose kann man diese Wunderwerke der Zubehörtechnik mit Säge, Lupe, Kompass, Uhr, Kugelschreiber, Fischentschupper oder sonst was jedenfalls nicht mehr transportieren. Es sei denn, es stört einen nicht, wenn die Hosentasche auf dem Boden schleift.
Es gibt die Messer für Angler, Bergsteiger, Camper. Es gibt Cybertools (für Astronauten?), Messer für Soldaten (mit Gewehr?) und für Time keeper. Letzteres sind laut Wörterbuch Werkstattschreiber. Ich weiß nicht, was die an Zubehör so benötigen. Vielleicht hat das Messer ausklappbare Ärmelschoner.
Grundsätzlich soll mein Messer nur ein Messer sein. So wie mein Handy nur ein Telefon sein müsste und kein Fotoapparat, kein Büroorganisator und keine Spielekonsole. Wahrscheinlich bin ich meinen Kindern aber ähnlicher als ich denke. Ihr Handy ist mein Messer! Für beides gilt: Das Zubehör erst macht die Sache cool.
Und dann trat Tim Leatherman in mein Leben, der dem ganzen die Krone aufsetzte und ein Multifunktionswerkzeug entwickelte, das auch noch eine Zange beinhaltete. Angeblich war er in Polen unterwegs, als sein Polski Fiat den Geist aufgab und er kein Werkzeug dabei hatte. Wie jeder von uns, erfand er sich mal kurz

selbst eines, brachte es zur Marktreife, gründete ein Unternehmen und schuf ein Produkt, welches binnen kurzer Zeit zum Begriffsmonopol für alle Arten von Nachahmerprodukten wurde. Wie gesagt, kennen wir, haben wir alle schon erlebt.

Ich bin nur froh, dass nur sein Auto kränkelte und nicht seine Freundin. Dann hätte er vielleicht ein Werkzeug erfunden, mit dem man kurz mal den Blinddarm entfernen oder eine Herzklappenoperation durchführen könnte. Vor einiger Zeit ging der Bericht von dem Mann um die Welt, der auf einer Bergwanderung in den USA seinen eingeklemmten Arm mit dem Taschenmesser amputierte, um zu überleben. Erstaunlich, dass Victorinox als Hersteller der diversen Spezialmesser nicht schon den „Chirurgen" mit Skalpell, Nadel und Faden und Knochensäge herausgebracht hat.
An den armen Wanderer musste ich denken, als ich meine Frau kürzlich mit meinem Leatherman unser ältesten Tochter am (oder bereits im?) Ohr herumoperierte, um ein Piercing zu entfernen. Meine Frau ist bekanntlich nicht nur Geliebte, Mutter, Taxifahrerin, Waschfrau, Familienmanagerin, Putzfrau, Gärtnerin, um nur ein paar ihrer Berufe aufzuzählen, sondern ebenso Psychologin, Sozialarbeiterin und vor allem improvisationsbegabte Ärztin. Dr. Mama McGywer, Sprechzeiten rund um die Uhr!
Ihr Spezialgebiet sind zweifelsohne Kinderkrankheiten aller Art, doch auch die ganzheitliche Behandlung von schweren Hypochondern und kleine chirurgische Eingriffe wie das Entfernen von Splittern, Zähnen oder Ringen aus allerlei von der Natur dafür nicht vorgesehenen Körperöffnungen gehören zu ihrem täglich Brot.
Zum Arzt gehen wir nur im Notfall. Und das nicht als Folge irgendeiner zusammengeschusterten Gesundheitsreform.
Manchmal reicht es bereits aus, eine Zeit lang vor unserem Medizinschrank mit den darin lagernden homöopathischen Essenzen, Kügelchen und Tabletten stehen zu bleiben. Die Wirkung ist erstaunlich. Für schwere Fälle hat meine Frau ein dickes Buch mit ekligen Abbildungen, in dem das wenige steht, was sie über die Jahre noch nicht gelernt hat.
Anstatt in einem winzigen Wartezimmer mit zwanzig hustenden oder röchelnden Patienten auf schöne Bilder von hässlichen

Hautkrankheiten zu blicken oder die verschiedenen Anzeichen für den Herzinfarkt auswendig zu lernen, bleiben wir lieber schön im Bett und lassen uns ganz unaufgeregt von meiner Frau den verstauchten Fuß schienen, Verbrennungen kühlen oder mit ätherischen Ölen gegen allerlei katarrhische Sekretionsspasmen einreiben. Gleich, nachdem sie den Abwasch erledigt, gebügelt, gelüftet, uns den Fernseher angestellt und die Decken aufgeschlagen hat. Hier bin ich Privatpatient, hier kann ich sein!

Nur manchmal, wenn ich aus dem Schlaf hochschrecke, vielleicht gerade von Katharina Witt geträumt habe, dann überfällt mich ein wenig die Angst. (Unsere Eisprinzessin war wohl einmal nackt im Playboy, doch die Bilder habe ich nicht gesehen, weil ich nur die interessanten Textbeiträge gelesen hatte.) Jedenfalls guckt meine Frau dann so merkwürdig. So, als ob sie einen neuen chirurgischen Eingriff üben möchte. Dann bin ich ganz nett zu ihr und achte im übrigen darauf, dass unser Schweizer Messer und der Leatherman außer Reichweite sind. Man kann ja nie wissen.

Danksagung:

Manche gehen zur Entspannung in die Kneipe, viele gucken RTLII oder ARTE, wieder andere besuchen das Kabarett oder mischen sich unter die Stehplatzfans eines Fußballspiels in der AOL-Arena.
Wir gönnen uns von Zeit zu Zeit den Gang zum diplomierten Familientherapeuten. Dann dürfen wir sagen, was dieses und jenes mit uns macht oder ob der Vater dominant oder die Mutter fürsorglich war. Und wir stellen uns als Gruppe auf und machen damit das innere Bild der Familie mit allen Sinnen erfassbar. Oder so. Manchmal lachen wir uns auch einfach nur schlapp. Aber eigentlich geht es uns hinterher immer besser.

Jedenfalls lernten wir dort kürzlich, dass man sich heute viel zu selten bedankt. Das machte mich irgendwie ein Stück weit total betroffen, deshalb ist es mir irre wichtig, zum Schluß „Dankeschön" zu sagen.

Eine Menge Leute haben mich durch Zuspruch und Kritik unterstützt, dieses Buch zu realisieren. (Hoffentlich waren es nicht mehr als die, die es kaufen werden!) Danke.

Dank jenen, die mir die Möglichkeit gaben, meine Texte wildfremden Menschen zu präsentieren. Auch sie gaben mir den Mut zu diesem Buch.

Das war allgemein. Einige müssen aber ausdrücklich genannt werden.

Mein Dank gilt insbesondere und ausdrücklich

meinen Eltern für die Werbung, die sie für mich machen werden und für den Computer, den sie mir geschenkt haben.

Thorsten für den Computer davor.

meiner Schwiegermutter für das Korrekturlesen. Von ihr kann sich jede Rechtschreibprüfung dieser Welt eine Scheibe abschneiden. Alle noch vorhandenen Fehler habe ich nachträglich mit Hilfe der Word-Rechtschreibprüfung und der Konfusion durch die Rechtschreibreform wieder in den Text eingebracht.

Sonja, Bettina und Judith sowie Theresa und Kai für ihre moralische Unterstützung und Heike Nikolaus für ihre Anmerkungen.

meinen Kindern für die Inspiration (Wo sind eigentlich meine 3 Einhandmesser? Wer hat die schwarze Fernbedienung gesehen? Wo ist die lila Haarbürste von Mama?)

meiner Frau Solveig. Für diesen Dank fehlen mir die Worte.

Zugabe (Gruß an Bülent)

Hallo Eishockey-Fans in Duisburg,

neulich kam ein Kollege von mir aus Finnland zurück. Er hatte mit Kunden zusammengesessen, ein paar Gläser Hochprozentiges waren wohl auch schon geflossen, als man auf Schimpfwörter zu sprechen kam. Die Finnen wollten den schlimmsten deutschen Schimpfnamen wissen. Mein Kollege überlegte, schlug Arschloch vor und ein paar andere Ausdrücke, die ich hier nicht wiedergeben möchte. Dann waren natürlich die Finnen dran. Und was sagten die? Nicht etwas so ein unverständliches Wort mit vielen Doppel ÄÄs wie kusipää oder so, nein, das schlimmste Schimpfwort in Finnland wäre „Kühnhackl" behaupteten sie, rutschen vor Lachen unter den Tisch und kringelten sich auf dem von Wodka und Aquavit feuchten Boden.

Gut, sie waren wohl nicht mehr ganz nüchtern, aber dass diese deutsche Eishockey-Lichtgestalt, dieser Kufen-Beckenbauer da oben in Europas Norden derart verkannt wird, überraschte dann doch.

Viel kannte ich vom Eishockey nicht, mein Sport ist Handball. Ich wußte, dass wir in Hamburg den Freezers aus München Asyl gewähren, dachte, Erich Kühnhackl wäre ein Eishockeygott, kannte sonst vielleicht noch einen Didi Hegen oder Xaver Unsinn und konnte mich schemenhaft an eine Olympiade erinnern, bei der wir (also auch ich und nicht nur der Erich) eine Bronzemedaille aufgrund von Rechen- und Rundungstricks erlangt haben. Das war es. Bisher.

Doch dann fuhr ich mit der Bahn von Düsseldorf (Spielt man da nicht auch so gut Eishockey? Falsches Thema?) nach Hamburg zurück. In Duisburg saß ich plötzlich ganz allein zwischen einer großen Menge von Menschen, die schwarze Hemden mit roten Füchsen trugen. Mir war sofort klar, dass es sich nicht um den Jagdclub Rodderberg auf dem Weg zur Treibjagd in Hamburg St. Pauli handelte. Sie wirkten aber wiederum auch nicht so bieder wie Sparfüchse auf dem Weg zum Jahrestreffen deutscher Bau-

sparkassen. Zuviel Schwarz, zuviel Zopf. Und tatsächlich, die nette Gesellschaft war die Vereinsführung des EV Duisburg „Die Füchse" auf dem Weg zum Auswärtsspiel in Hamburg. Die Bahnfahrt sollte offensichtlich genutzt werden, geschäftliche Ideen zu besprechen. In der Bahn hat man Zeit, das weiß jeder Pendler oder Fernreisende, Verspätung garantiert. Nachdem die Versuche, mich als Lauscher aus dem Weg zu vertreiben, nicht fruchteten (wer gibt schon seinen gemütlichen Sitzplatz zwischen dem Eigentümer, dem Ehrenpräsident, dem Marketingleiter auf), gab man mir eine Schachtel Eiskonfekt zu unverschämten 1,70 Euro aus und hoffte, mich auf diesem Wege ruhig zu stellen. Das gelang so halbwegs, ich beteiligte mich etwas weniger an den Diskussionen über die Trikotwerbung, VIP-Parkplätze oder dem geplanten System zum Ticketverkauf. Doch immerhin schaffte man eines: Der EV Duisburg bekam einen neuen Fan, hoch oben im kalten Norden. Einen, für den eine Bande bisher die Zusammenrottung böser Menschen war und der bei Bully an die Bullyparade auf Pro7 dachte. Und einen, der noch nie bei einem Eishockey-Spiel live dabei war und trotzdem sofort ein Fuchs wurde. Was nicht ist, kann ja noch werden. Ich war auch noch nie reich und will doch trotzdem immer viel Geld haben.
Ich war natürlich traurig, als ich dann abends auf Videotext verfolgen musste, wie „meine" Mannschaft aus Duisburg zwar zwischendurch führte, dann aber doch gegen die Freezers verlor. Ob ich denn überhaupt keinen Lokalpatriotismus in mir habe, wurde ich danach von irgendwelchen Gefrierschränken gefragt. Da habe ich nur geantwortet: Zu diesen Kühnhackls? – nie, meine Mannschaft sind die Füchse aus Duisburg.

Tschüs sagt Euer Handball-Fan aus Hamburg